Ce livre appartient à :

Mystère
à l'Équirando

DANS LA COLLECTION ÉQUIROMANS

Du même auteur

1. Mystère à l'Équirando
2. Eki, l'étalon sauvage
3. Le mystère du cheval écuyer
4. La cavalière des roseaux
5. Le secret de l'étalon sioux

Claude Lux

Mystère à l'Équirando

Illustrations de Yvan B.-G.

VIGOT

PHOTO DE COUVERTURE : Phylles Grenberg/Comstock Images
ILLUSTRATION DE COUVERTURE : Yvan B.-G.
ILLUSTRATIONS INTÉRIEURES : Yvan B.-G.

ISBN 2-7114-1770-0 • Dépôt légal mars 2005
Photocomposition : *SCM*, Toulouse
Imprimé en Allemagne par Claussen et Bosse

À Monique Laffont

Léa et sa copine Pauline étaient tranquillement installées sur les ballots de paille...

Chapitre 1

Un projet très excitant

– Quelle belle journée ! dit Léa.

Elle et sa copine Pauline étaient tranquillement installées sur des ballots de paille, devant les écuries du club du Marais Vert. Les jeunes cavalières discutaient longuement chaque jour depuis le début des grandes vacances. Ce petit club d'équitation très sympathique, situé en lisière de forêt, permettait de partir en promenade en toute saison. Il était devenu leur deuxième domicile. Depuis plusieurs jours, un grand projet flottait dans l'air et tout le monde attendait impatiemment la réunion où Muriel, la monitrice, en parlerait.

Léa, grande, mince et jolie, connaissait le club dans ses moindres détails, car elle y montait depuis plusieurs années. Pour son anniversaire, ses parents lui avaient offert Leïla, une jument arabe qui avait maintenant cinq ans et qu'elle adorait. Comme convenu avec ses parents, tous ses cadeaux de Noël et autres fêtes étaient consacrés à payer la plus grande partie de son entretien. Léa gagnait également un peu d'argent en gardant des enfants et sa tante se chargeait de régler le complément.

Juste à côté du box de Leïla, il y avait Galice, un cheval gris d'origine espagnole, âgé de neuf ans. C'était le « cheval copain » de Pauline et il était superbe. Sa longue crinière et ses allures relevées lui donnaient beaucoup de classe. Pauline, blondinette et très coquette, était un peu plus jeune que Léa.

Ensemble, elles aimaient se vanter d'être les plus anciennes du club. Jessica, que tout le monde surnommait Jess, ne cessait de s'occuper de Jalna. Personne ne connaissait l'origine de cette ponette mais, selon le vétérinaire, elle avait tout du dartmoor, une race britannique. Sa robe était presque noire et, au milieu du front, une pelote de poils blancs illuminait sa face.

Jess était le pitre du club. Plutôt petite, les cheveux courts, elle était un peu garçon manqué, toujours prête à faire des bêtises avec sa ponette. Celle-ci, maligne comme un singe, savait ouvrir les verrous des portes de box et chiper de la nourriture dans la réserve à grain. C'était la coqueluche du club et Jess, très fière et très possessive, n'acceptait de la prêter à personne.

– Jalna, c'est sa chérie, disait Pauline pour se moquer d'elle.

Dans une allée du club, Marcel, le palefrenier, s'affairait à ratisser la paille. Ce soir, les boxes devaient être nettoyés un peu plus tôt que d'habitude et tout devait être parfait, car le président du club assistait à l'importante réunion.

Il était presque dix-sept heures et tous se dirigèrent vers le club-house. Muriel, la jeune monitrice toujours très occupée, arriva les mains pleines de papiers. Tout le monde était très excité, car on allait enfin en savoir plus sur le projet.

Lorsque chacun fut installé, le président prit la parole et fit un bilan très positif de l'activité du club durant l'année écoulée. Il donna ensuite la parole à Muriel, non sans l'avoir félicitée pour sa compétence.

– Voilà, je vous avais parlé d'une participation à une randonnée. Je peux maintenant vous en dire plus. Chaque année, le Comité national de tourisme équestre organise dans une région différente le grand rassemblement national des cavaliers randonneurs : l'Équirando. Certaines années, plus de mille cinq cents chevaux y ont participé. Je vous assure que c'est très impressionnant ! Cette fois, le rassemblement se situe à Lamotte-Beuvron, en Sologne, dans le parc fédéral. Ce n'est pas trop loin de chez nous et j'ai calculé que nous pouvons nous y rendre en trois journées de cheval. Je n'ai pas encore définitivement réservé les places, car je voudrais savoir exactement qui est intéressé par ce projet.

– Mais, demanda Jess, combien de temps dure le rassemblement ? Où dormirons-nous ? Y aura-t-il des stalles ou des boxes pour les chevaux ? Et...

– Stop, dit Muriel, laisse-moi le temps de vous présenter l'ensemble, tu es toujours aussi impatiente ! Disons que nous partirons mercredi matin dans deux semaines. Le bivouac du premier soir aura lieu dans un gîte d'étape. Nous emporterons une partie des équipements dans les sacoches de nos selles. Normalement, Marcel devait nous rejoindre avec le van, chaque soir au gîte, pour apporter la nourriture des chevaux, les sacs de couchage, les affaires personnelles, etc. Mais il est en congé pendant cette période et je dois le faire remplacer. Il va falloir trouver quelqu'un d'autre et c'est actuellement mon seul problème... Dans la plupart des gîtes, les chevaux seront à l'attache sur une litière de paille. Quant à nous, nous dormirons parfois dans des dortoirs et parfois dans la paille avec nos sacs de couchage. Vous verrez, c'est très confortable !

– Mais... s'il y a des araignées ? s'exclama Pauline, qui avait toujours peur de tout.

Gros éclat de rire général en guise de réponse !

– Ne crains rien, dit Muriel, j'emmène ma chienne pour nous défendre !

Muriel avait en effet une belle chienne setter gordon, qu'elle emmenait partout avec elle en randonnée. Polka était la mascotte du club. Elle s'entendait aussi très bien avec les chevaux, qui étaient habitués à elle.

– Je suis en train d'organiser les autres étapes et je vous en dirai davantage le moment venu, continua-t-elle. Ce qui est sûr, c'est que nous devons arriver sur le site le vendredi dans l'après-midi pour nous installer. Sur place, nous dormirons dans des tentes montées à côté de la ligne d'attache des chevaux. Un vrai campement d'Indiens ! Pendant les trois jours que durera l'Équirando, de nombreuses activités sont prévues sur le site ; il y aura des spectacles et un grand repas de gala le samedi soir. Nous ramènerons les chevaux en camion le dimanche soir. Cela fera cinq jours au total.

Je voudrais maintenant arrêter la liste de ceux qui pensent pouvoir y participer : Léa, Pauline, Jessica, Pierre, êtes-vous d'accord ?

Ils hochèrent positivement la tête.

– Bien sûr, il me faudra l'accord de vos parents. Ah ! j'oubliais, une autre personne participera également à la randonnée, mais elle n'est pas là ce soir. C'est une femme très sympathique et, de plus, une bonne cavalière. Concernant l'organisation, je note sur le tableau ce que je vous conseille d'emporter et surtout, évitez le superflu !

Indispensable : un coupe-vent imperméable léger ou, mieux, un poncho qui protège également les jambes et la selle. Sur la tête, vous mettrez votre bombe. Emportez également plusieurs tee-shirts et un pull, car les soirées sont souvent fraîches. Pour le bas du corps, je vous conseille un pantalon de cheval. Et, pour être à l'aise le soir, prenez un survêtement et des chaussures légères.

– Est-ce que je peux mettre mes grandes bottes d'équitation ? demanda Léa.

– Je te le déconseille car elles gênent la marche. Vous pouvez mettre vos bottines, mais des chaussures de marche légères sont préférables : elles maintiennent bien les chevilles et les semelles crantées évitent les dérapages. Et, surtout, pas de trousse de toilette trop volumineuse !

– On mettra tout dans les sacoches ? s'enquit Pauline.

– Certains d'entre vous auront des sacoches pour le matériel commun : trousse de maréchalerie, pharmacie, cure-pieds, cordes, licols de rechange, etc. Mais vous mettrez tous vos autres effets dans un sac portant votre nom. Il sera transporté dans le van et vous ne le retrouverez que le soir. N'oubliez pas d'emporter un bon couteau, simple et solide, indispensable à tout randonneur, un appareil photo si vous voulez, une petite lampe de poche pour le soir au gîte et, puisqu'on espère avoir du soleil, de la crème de protection et des lunettes.

– Comment fera-t-on pour trouver notre chemin ? demanda Pierre.

– Bonne question ! J'ai commandé les cartes topographiques utiles, sur lesquelles je vais reporter les itinéraires. Tu pourrais m'y aider, d'ailleurs...

– Avec grand plaisir, j'adore me servir des cartes.

Pierre voulait être ingénieur. Véritable as de l'informatique, tous s'adressaient à lui chaque fois qu'il y avait un problème. C'était un excellent cavalier grand et mignon ; les filles l'adoraient, mais il restait toujours distant avec elles. Il n'avait pas de cheval personnel, mais

Muriel lui confiait le dressage des chevaux du club. Toutefois, ses études passaient en priorité.

– J'oubliais, dit Muriel, mais ça n'a pas l'air de vous poser de problèmes : pour les autorisations et pour le règlement de la randonnée, je vais m'adresser directement à vos parents. Tâchez de leur en parler très rapidement.

– Quand allons-nous préparer tout le matériel ? demanda Pauline.

– Je vous propose de nous réunir le dimanche après-midi, c'est-à-dire trois jours avant le départ. Il faudra nettoyer ensemble tout le matériel, la sellerie et tout organiser. Ce sera l'occasion de vous présenter Sophie, la cavalière dont je vous ai parlé qui se joindra à nous. Maintenant, plus de questions ? Alors on va partager le gâteau que nous a gentiment préparé la maman de Pauline.

Personne dans le groupe n'osa poser de questions au sujet de cette cavalière inconnue qui devait se joindre au groupe. Espérons que...

Il suffit de taper sur les fers avec un cure-pieds pour s'assurer qu'ils ne vibrent pas.

CHAPITRE 2

Les préparatifs

Le dimanche précédant le départ, autant dire que tout le monde était à l'heure au club. Les filles ne cessaient de chuchoter entre elles, car une personne manquait à l'appel : la fameuse cavalière qui devait se joindre au groupe. Personne ne la connaissait et les suppositions allaient bon train !

Muriel semblait très contrariée.

– Quelque chose ne va pas ? lui demanda Léa.

– Oui, j'ai un problème : le président a trouvé un chauffeur pour remplacer Marcel. Il devait se présenter hier soir, mais il n'est toujours pas là. On a laissé des messages sur son portable, mais il ne rappelle pas. On ne peut pas se passer de chauffeur, car il doit nous retrouver

chaque soir avec tout notre matériel et ramener les chevaux à la fin de l'Équirando. Bon, je n'aime pas les gens qui sont en retard.
En attendant, ne perdons pas de temps. Commencez à panser vos chevaux, nous vérifierons la ferrure ensemble. Nous parlerons ensuite du matériel à emporter.
– Au fait, demanda Pauline, toujours aussi curieuse, on n'a pas encore vu la cavalière qui doit venir avec nous...
– C'est vrai, elle non plus n'a pas pu venir aujourd'hui. Elle s'appelle Sophie et je vous demande de vous occuper de son cheval : elle montera Hippos.
À cette annonce, les filles firent une drôle de tête. Non seulement on leur imposait une cavalière qu'elles ne connaissaient pas, mais celle-ci n'était même pas là pour s'occuper de son cheval et on leur demandait de le faire à sa place ! En plus, Hippos était l'un des meilleurs chevaux du club...
C'est dans une humeur mitigée que le groupe se mit à panser les chevaux, par ce bel après-midi de la fin juillet. Heureusement, Jessica,

qui ne manquait jamais une occasion de « faire son intéressante », amusait tout le monde en s'asseyant à l'envers sur sa ponette pour brosser son arrière-main. D'après elle, c'était plus pratique comme ça ! « Normal, lui disait constamment Pauline, vu ta petite taille ! »

– Au fait, dit Léa en s'adressant à Jess, Pierre (qui n'avait rien demandé à personne) aimerait bien que tu lui racontes comment tu as récupéré ta ponette.

Les filles souriaient déjà, car elles connaissaient l'histoire par cœur. À chaque occasion, Jess se débrouillait pour la raconter avec force détails.

– Oui, dit-elle, en faisant semblant de réfléchir. Il y a quatre mois, ma tante, qui élève des chevaux en Normandie, a trouvé une ponette inconnue qui attendait de l'autre côté de la barrière de son élevage. Elle a contacté les gendarmes qui lui ont dit que, non loin de là, un van et une voiture avaient complètement brûlé. La voiture portait une immatriculation anglaise. La ponette, qui avait certainement réussi à s'échapper, avait été attirée par les poneys de l'élevage...

Une chose semblait étrange : les occupants, sortis indemnes de l'accident, ne s'étaient jamais fait connaître. Sur les lieux, des traces indiquaient qu'ils étaient deux. Les gendarmes ont alors confié la ponette à ma tante, en attendant que l'on retrouve ses propriétaires. Et comme j'ai craqué pour elle, ma tante me l'a confiée avec l'accord des gendarmes. Elle est très mignonne ; depuis, je m'en occupe et j'espère bien que jamais personne ne la réclamera !
À son arrivée au club, elle ne savait rien faire mais, depuis que je la dresse, elle a fait beaucoup de progrès...
Les autres ricanaient, sauf Pierre qui essayait de comprendre pourquoi les occupants de la voiture avaient abandonné la ponette.

Mais voilà que Muriel revint, toujours aussi pressée.
– J'ai cinq minutes pour m'occuper de vous. Je vais vous apprendre à vérifier la ferrure. J'ai fait ferrer tous les chevaux il y a trois

jours et tout devrait être en ordre. Il est en effet très difficile de trouver un maréchal-ferrant quand on est loin de tout. Pendant la randonnée, il faudra vérifier les ferrures au moins une fois par jour, de façon à consolider les fers, si nécessaire. C'est pour cela que l'on emporte des outils de maréchalerie.

– Mais on sait bien curer les pieds, dit Jess, qui avait horreur de se salir les mains en les soulevant.

– Oui, mais je ne suis pas sûre que tu saches vérifier la solidité d'une ferrure. Venez autour de moi, ordonna Muriel, on va observer les fers d'un cheval calme. Prenons Hippos, par exemple.

– Bien sûr, le cheval de la fameuse Sophie, qui n'est pas là pour le faire elle-même ! lança Pauline à voix basse.

– Alors, dis-moi, Pauline, au lieu de faire des messes basses, que vérifies-tu ?

– Euh... je tape sur les fers avec le cure-pied pour écouter s'il vibre ou pas.

– C'est bon, mais ça ne suffit pas. Le pied posé, commencez par passer vos doigts sur les rivets. Vous voyez, c'est la partie du clou sortie

du sabot qui a été coupée et repliée contre la corne. Tant que le rivet est solidement replié et ne dépasse pas, le fer ne bougera pas. Ensuite, levez chaque pied pour examiner l'épaisseur du fer sur tout le tour.
Au fait Jess, toi qui prépares le Galop 4, peux-tu nous dire comment s'appellent les gros trous de forme carrée où se logent les têtes des clous ?
– Je sais : étampures ! s'exclama-t-elle fièrement.
– Et les petits trous situés sur l'autre face du fer ?
– Contre-gerçures ! répondit-elle sans réfléchir.
Tout le monde s'esclaffa.
– Mais non, dit Pierre, ce sont les contre-perçures !
– Bon, à vous de jouer, signalez-moi tout ce qui ne va pas, je vous retrouve dans quelques instants pour parler du matériel.

Pendant que tout ce petit monde s'affairait autour des pieds des chevaux, Muriel s'occupait des autres cavaliers du club, car elle allait devoir diriger la reprise de l'après-midi. Lorsqu'elle revint, toute l'équipe des « super-randonneurs » avait terminé l'inspection des ferrures.

– Rien à signaler, chef, dit Jess-le-pitre en se mettant au garde-à-vous.

– Bien, j'ai préparé des paires de sacoches pour le cheval de Pierre, ceux de Léa et de notre cavalière extérieure Sophie. Toi, Pierre, tu transporteras la trousse de maréchalerie, en espérant d'ailleurs que nous n'en aurons pas besoin. Toi, Léa, tu te chargeras de la trousse de premiers secours pour cavaliers et chevaux. Quant à Sophie, je lui confierai des longes et des licols de rechange, dans le cas où l'un des chevaux casserait le sien. J'emporterai moi-même de la graisse à pieds pour assouplir la corne si le temps est sec.

Il était presque cinq heures et Muriel invita tout le monde à boire un verre au club-house. Elle en profita pour continuer à parler de cette randonnée, mais semblait soucieuse car, depuis le début de l'après-midi, elle attendait l'arrivée du « chauffeur fantôme ».

La bonne humeur générale l'emporta et Pierre s'excusa de devoir rentrer.

– Chaque fois, c'est la même chose, lui dit Léa : tu nous lâches !

Pierre ne répondit pas, mais il était toujours très avare de son temps. Quoique passionné par les chevaux, il les faisait passer au second plan, derrière ses études. Contrairement aux filles, il ne restait que peu de temps au club.

L'excitation régnait dans le club-house, lorsqu'un grand silence se fit. Les regards se tournèrent vers l'homme qui entra et se présenta.

– Je m'appelle Smith, je dois m'occuper des transports, dit-il avec un fort accent anglais.

Il était plutôt grand, âgé d'une quarantaine d'années et relativement bien habillé. Il gardait ses mains dans les poches, regardait par terre et une cigarette se consumait au coin de ses lèvres. Il ne répondit pas au bonjour que le groupe lui adressa.

– Il ne doit pas bien parler français, murmura Jess à Léa.

Muriel l'emmena voir le van, la voiture, les écuries et lui donna quelques consignes.

Depuis la fenêtre du club-house, les filles observaient la scène, notant qu'il était entré dans les écuries sans éteindre sa cigarette !

– Tu as vu ça, dit Pauline, il va mettre le feu à l'écurie !

Léa rétorqua qu'il ne fallait tout de même pas exagérer et qu'elle n'allait pas passer son temps à le critiquer sans même le connaître. C'était à Muriel de le lui dire. D'ailleurs, en sortant des écuries, il ne fumait plus et partit sans leur dire au revoir.

– Bizarre, ce type, dit Jess, toujours prête à faire des commentaires.

Muriel était de retour et le rendez-vous fut pris pour le grand jour : mercredi à sept heures du matin, départ à neuf heures, car il fallait bien deux heures pour tout préparer.

– J'ai consulté la météo sur un site Internet, dit Muriel. On a de la chance : les prévisions sont bonnes pour cette fin de semaine.

Il commençait à se faire tard et l'équipe du Marais Vert décida de rentrer, non sans avoir fait un petit câlin aux chevaux.

Elle vit la lumière s'arrêter à hauteur de Jalna
et un homme tourner autour d'elle...

CHAPITRE 3

Le grand départ

La veille du départ pour l'Équirando, toute l'équipe du Marais Vert eut bien du mal à dormir. Mais le matin à sept heures précises, tous étaient au club et ce fut l'occasion de découvrir Sophie.

Assez menue, cette femme élégante avait une bonne trentaine d'années. Arrivée avant les autres, elle était déjà en train de brosser Hippos. Le groupe complet était maintenant formé.

– Mais où est Muriel ? demanda Pauline.

– Elle est en train de soigner un cheval du club, dit Sophie. J'ai entendu dire qu'il a eu des coliques cette nuit, mais il paraît que ce n'est pas grave.

– Les coliques sont toujours graves, répondit Léa, un peu agacée.
En passant devant Pauline, elle lui dit à mi-voix :
– Bravo la nouvelle, elle n'y connaît vraiment rien !
Jess, toujours à l'affût des petites histoires, se dit que la relation démarrait mal...
En fait, le cheval allait déjà mieux. Il avait crotté, ce qui est bon signe en cas de coliques d'obstruction, lorsqu'un bouchon de paille est coincé dans les intestins et empêche les aliments de circuler.

Chacun pouvait maintenant s'occuper de sa monture, vérifier les ferrures et seller, en tenant compte de toutes les précautions indispensables.
– N'oubliez pas de mettre toutes vos affaires dans le van, ainsi que les protections pour vos chevaux, dit Muriel. Ils en auront besoin pour le retour en camion.

– Est-ce qu'on emporte les licols ? questionna Jess.
– Oui, j'ai préparé des licols légers que vous laisserez en place sous le bridon, en nouant la longe autour de l'encolure. Ainsi, à chaque arrêt, vous pourrez attacher le cheval avec la longe et le licol, et même enlever le bridon sans défaire le licol. Vous briderez juste avant de partir. Comme de bons randonneurs, nous commencerons à pied en menant nos chevaux en main.
– Pourquoi ? interrogea Jess, qui se voyait déjà filer à toute allure.
– C'est l'occasion de vous dégourdir les jambes, d'échauffer vos montures et cela permet aussi à la selle de trouver sa place sur le dos du cheval. Juste avant de vous mettre en selle, vous vérifierez le paquetage et vous ressanglerez.
Muriel demanda à Pierre de seller son cheval, pendant qu'elle procédait aux dernières vérifications avant le départ. Elle demanda aussi à Léa d'aider Sophie à mettre les sandwiches dans les sacoches, en précisant que c'était bien Sophie qui les avait préparés.

– J'espère qu'ils seront bons, grommela Pauline.

Muriel préféra ne pas relever cette remarque et indiqua l'ordre de marche :

– Au début de l'étape, Sophie, tu te tiendras derrière moi, car tu ne connais pas encore très bien ta jument et je pourrai ainsi facilement te conseiller. Ensuite, vous vous disposerez comme vous voudrez, mais je préfère que Pierre ferme la marche. Tu as une voix qui porte et tu pourras me prévenir si quelque chose ne va pas. Tout est prêt ? Alors on peut y aller.

Muriel avait remarqué que les filles étaient agressives avec la nouvelle cavalière et se dit qu'elle allait devoir veiller à ce que cela cesse, pour ne pas compliquer les rapports dans le groupe ni perturber l'ambiance.

En tête de la caravane, le porte-cartes en bandoulière, Muriel, qui connaissait bien cette première partie de l'étape, n'avait pas besoin

de consulter la carte. Elle avait cependant soigneusement surligné l'itinéraire complet.
Le temps était encore frais en cette matinée de juillet, mais aucun nuage n'obscurcissait le ciel. Dans l'équipe, la bonne humeur régnait car les filles ne cessaient de se raconter des histoires. Seule Muriel semblait préoccupée. En effet, M. Smith ne s'était pas présenté. Allait-elle pouvoir compter sur lui ?
Après un temps de pas, les cavaliers s'arrêtèrent pour se mettre en selle, puis un bon trotting réveilla chevaux et cavaliers.
Lorsqu'ils trottaient à bonne allure, Jalna, plus petite que les autres, était parfois obligée de galoper pour les rattraper, ce qui n'était pas pour déplaire à Jess. Après quelques heures de selle, Muriel choisit le bord d'un étang pour la halte de midi.
– Ne dessellez pas les chevaux, dit-elle, car on ne restera pas longtemps arrêtés. Par contre, vous pouvez dessangler de deux trous, enlever le bridon et attacher les chevaux avec la longe. Pour retenir les chevaux avec des attaches souples, de nombreuses branches basses faisaient

l'affaire. Muriel demanda à chacun de surveiller son cheval, afin d'être prêt à intervenir s'il essayait de se coucher ou de se rouler.
En revanche, elle dessella le sien car elle voulait récupérer la couverture pliée qui tenait lieu de tapis de selle. Ainsi, le groupe pourrait s'installer autour et déjeuner dans la bonne humeur.

Tandis que les chevaux paissaient tranquillement à l'attache, le pique-nique fut très apprécié. Bien sûr, Léa et Pauline ne purent s'empêcher de critiquer le nombre de sandwiches. En effet, il n'y en avait pas assez, mais Sophie ne répondit pas à la critique, car Polka en avait chipé deux. La chienne était tellement gourmande qu'elle ne pouvait s'empêcher de dévorer tout ce qui passait à sa portée.
Puis chacun vérifia que la selle de sa monture n'avait pas bougé, avant de brider et de ressangler. Muriel, occupée à replier la couver-

ture, demanda à Pierre d'estimer sur la carte la distance qui restait à parcourir. Il annonça une petite vingtaine de kilomètres, ce qui faisait un total de trente-cinq kilomètres dans la journée.

Pierre, qui avait souhaité s'occuper de la carte, s'entraînait à suivre l'itinéraire. Jess en avait déjà assez et demandait régulièrement combien de kilomètres il restait à parcourir. Comme à leur habitude, Léa et Pauline n'arrêtaient pas de discuter. Muriel, quant à elle, papotait avec Sophie.

Il faisait beau et l'après-midi passa sans encombre. Lorsqu'il ne resta plus qu'un kilomètre avant l'étape, Muriel conseilla de terminer à pied, après avoir dessanglé de deux trous et remonté les étriers. Elle expliqua que cette précaution permettait à la selle de masser le dos du cheval et de rétablir progressivement la circulation sanguine, gênée par le poids du cavalier.

Arrivés tôt au gîte, les cavaliers allaient pouvoir prendre tout leur temps pour s'occuper des chevaux. Muriel conseilla de ne pas les desseller tout de suite, car certains étaient encore en sueur.

– Après avoir dessellé, n'oubliez pas de bouchonner les zones mouillées, en les frottant avec une poignée de paille sèche. Vous en profiterez pour inspecter le dos et le passage de sangle. Signalez-moi tout ce qui vous semble anormal.

Une fois terminé l'entretien des chevaux, les randonneurs allèrent inspecter le gîte ; chacun était pressé de choisir sa place dans le dortoir.

C'était un gîte d'étape organisé pour accueillir des chevaux en box, en stalle ou en pâture. Muriel avait retenu des stalles, moins chères que les boxes.

Lorsque la voiture et le van conduits par M. Smith arrivèrent dans la cour, Muriel fut soulagée. Elle demanda à Pierre de récupérer les sacs d'aliments pour nourrir les chevaux, mais conseilla de donner d'abord un peu de foin, afin d'éviter qu'ils ne consomment trop gloutonnement les granulés.

La soirée se déroula dans la bonne humeur car le propriétaire du gîte s'était joint au groupe et leur parla longuement de la prochaine étape.

– Vous allez pénétrer dans la mystérieuse Sologne, terre des animaux sauvages, de la chasse, mais aussi des braconniers...

– Est-ce qu'on risque quelque chose ? questionna Pauline, toujours effrayée pour rien...

– Normalement non, car les chasseurs sont prudents. Mais les braconniers, eux, n'ont aucun scrupule, surtout envers ceux qui les découvrent en train de chasser illégalement !

Cette remarque laissa le groupe un peu perplexe. Polka, par contre, dévorait sa gamelle remplie par le propriétaire du gîte, qui trouvait la chienne très belle.

Un peu avant vingt-deux heures, Muriel conseilla à l'équipe de se coucher, car le lever

était prévu à sept heures. Comme elle connaissait bien ses pipelettes, elle fit promettre à Léa, Pauline et Jess de ne pas discuter trop longtemps.
Chacun alla faire un petit câlin à son cheval, vérifia qu'il était confortablement installé et rassembla sous l'auge le foin éparpillé. Lorsqu'on éteignit les lumières, Pierre dormait déjà et Sophie continua de lire, éclairée par sa lampe de poche. Les filles auraient bien voulu savoir ce qu'elle lisait, mais elles n'osèrent pas le lui demander.

Tout le monde dormait maintenant à poings fermés dans le dortoir, lorsqu'une envie pressante réveilla Léa. Les toilettes se situaient tout au fond du couloir...
Comme elle ne trouvait pas sa lampe de poche, Léa dut se diriger dans le noir, en tâtonnant. Par une fenêtre, elle aperçut soudain un halo de lumière qui bougeait dans l'écurie. Déjà inquiétée par son déplacement

dans le noir jusqu'aux toilettes, son cœur se mit à battre plus rapidement en repérant cet éclairage insolite. Elle vit la lumière s'arrêter à hauteur de Jalna et un homme tourner autour de l'animal. Il lui sembla que l'homme inspectait la ponette, en regardant de temps en temps un carnet.

Stupéfaction ! C'était M. Smith...

Complètement pétrifiée, Léa sentit alors une présence à ses côtés. Sophie avait été réveillée pour les mêmes raisons que Léa et toutes deux se retrouvaient à observer la scène, sans rien comprendre. Quelques instants plus tard, la lampe s'éteignit, replongeant l'écurie dans le noir. Elles ne se sentirent rassurées qu'une fois la chaleur du sac de couchage retrouvée et se promirent d'en parler le lendemain.

Dès leur réveil, Léa et Sophie, que cette histoire étrange avait rapprochées, expliquèrent à Muriel ce qu'elles avaient vu.

– Si l'une d'entre vous avait été seule, je me serais demandé si elle n'avait pas rêvé, dit Muriel.

Les autres cavaliers se firent raconter l'histoire plusieurs fois. Ce qui les intriguait le plus, c'était le carnet que l'homme tenait en main. Sophie trouva une explication : en fait, M. Smith se comportait comme un vétérinaire qui vérifiait un signalement...

– Bizarre, tout de même, dit Pierre, ta ponette n'a pas de papiers*.

– Oui, c'est très bizarre, rajouta Muriel, mais ne perdons plus de temps avec ça. Jalna est en bonne santé, c'est l'essentiel. Je ne vous cache pas que, dès le départ, j'ai trouvé le comportement de M. Smith étrange. Mais on ne peut pas se passer de lui et tant qu'il fait son travail, je ne peux rien lui reprocher. Allez ! Nous partons dans une demi-heure et il reste encore à panser et à seller les chevaux. Dépêchons-nous !

* Ce terme désigne le livret signalétique d'un cheval enregistré dans une race officiellement reconnue. C'est un peu comme sa carte d'identité.

Ponctuelle de nature, Muriel aimait que l'heure prévue soit respectée. À neuf heures précises, le groupe se mit donc en route.

Au pied de l'obstacle, Jess ferma les yeux
et tout se passa comme dans un rêve…

Chapitre 4

Jalna fait des siennes

Cette nouvelle étape devait rallier le gîte « J moins 1 », comme disent les pros. En d'autres termes, la dernière nuit avant l'arrivée à l'Équirando. Le temps était superbe et les imperméables restèrent à nouveau dans le van. Léa et Sophie chevauchaient ensemble car, depuis le mystère de la nuit précédente, Léa ne voyait plus en Sophie une ennemie mais une complice, une confidente. Évidemment, Pauline se sentait écartée par les deux grandes. Elle se demandait comment il était possible à Léa de l'ignorer à ce point et comment elle allait pouvoir récupérer son amie...

– L'étape sera longue ? demanda-t-elle à Muriel pour attirer son attention.

- Environ trente-cinq kilomètres. On compte en moyenne sept kilomètres par heure, en faisant beaucoup de pas. Dis-moi combien cela représente d'heures à cheval ?
Pauline pensa qu'elle aurait mieux fait de se taire, car le calcul mental n'était pas son fort. Elle répondit au bluff : « Six ! »
- Mais non, répondit Pierre, moqueur, divise 35 par 7 et tu obtiens 5. Ça veut dire que, sans les arrêts, l'étape compte environ cinq heures de selle.
- Par contre, comme je ne sais pas où l'on va s'arrêter pour la halte de midi, ajouta Muriel, j'ai prévu d'emporter la corde pour faire une ligne de chevaux. Elle nous sera bien utile si on ne trouve pas de points d'attache.
- Il faudra passer par un village pour acheter du pain, dit Sophie, toujours attentive à l'intendance.
- Quand je pense qu'au départ je me méfiais d'elle ! pensa Jess. Elle est attentive à tout et, vraiment, Muriel doit être très contente de l'avoir avec nous.
Jess aussi était conquise par la gentillesse de Sophie.

C'est dans l'insouciance générale que le groupe pénétra dans la mystérieuse forêt de Sologne, où les grands animaux comme les cerfs et les sangliers étaient réputés nombreux. Un peu partout, les entrées de chemin étaient fermées par des barrières ou des chaînes, portant des panneaux « Propriété privée – Défense d'entrer ».

– On n'a pas intérêt à pénétrer dans les propriétés, dit Jess. Moi, je ne tiens pas à prendre un coup de fusil !

– Bah ! la chasse est fermée en ce moment, répondit Pierre.

– N'empêche que les braconniers chassent toute l'année, répondit-elle, histoire d'avoir le dernier mot.

– Bon, on ne va pas commencer à se faire des frayeurs inutiles, dit Léa. Le sol est sablonneux, si on faisait un petit galop ?

– D'accord, répondit Muriel. À vos rênes, mais ne vous dépassez pas et conservez vos distances. Pas question de faire la course !

Dans un nuage de poussière, les cavaliers prirent le galop. Les chevaux étaient en forme, bien cadencés. Seule Jalna tirait un peu, comme à son habitude.

Soudain, un coup de feu éclata sur le côté du chemin. Panique générale : les chevaux partirent à toute allure en se bousculant. Muriel cria de ralentir, mais les chevaux l'avaient déjà dépassée. Ils galopaient de front, les cavaliers suspendus aux rênes, en tentant de ralentir. La langue pendante, Polka s'était mêlée à la course et avait du mal à suivre. Alors que les autres arrivaient plus ou moins à ralentir, Jalna, complètement affolée, galopait ventre à terre, dépassant le groupe sur le côté, au risque de percuter les arbres au bord du chemin.

– Reprends-la, ralentis-la ! hurla Muriel en vain.

Malheureusement, la cavalière, complètement embarquée, ne pouvait plus rien faire.

Arrivée très près d'un tournant serré à gauche, Jess, qui avait du sable plein les yeux, ne vit qu'au dernier moment l'énorme barrière fermant une entrée de chemin. Pauline cria, Léa se cacha les yeux et tous s'attendaient à ce qu'elle percute l'obstacle.
Au lieu de céder à l'affolement, Jess eut le réflexe de saisir une grosse poignée de crins et se mit en suspension penchée en avant. Au pied de l'obstacle, la cavalière ferma les yeux et tout se passa comme dans un rêve. Jess sentit les rênes glisser entre ses doigts et éprouva la même sensation que lorsqu'un ascenseur commence à monter. Lorsqu'elle les ouvrit de nouveau, le sol était très loin. Elle aurait pu crier, se laisser tomber mais, au contraire, elle se redressa un peu pour mieux amortir la réception, qui se fit en douceur sur le sol sablonneux.
Naturellement et comme si elle était fière de son exploit, Jalna ralentit. Calme, elle fit demi-tour face aux autres, restés massés de l'autre côté, complètement ébahis. La barrière arrivait à la hauteur des têtes des chevaux !

C'est à ce moment que Jess sentit son cœur qui s'était mis à battre à la vitesse d'une mitrailleuse.

– Ouah ! Quel style ! s'exclama Muriel. Moi qui croyais que Jalna ne savait pas sauter ! Où a-t-elle pu apprendre à sauter comme ça ? Quant à toi, je te félicite d'avoir gardé ton sang-froid. Tu as été parfaite et je suis fière de toi.

Par chance, le cadenas qui fermait la barrière était déverrouillé et Jess put rejoindre les autres.

– Ce coup de feu n'est pas normal alors que la chasse est fermée, dit Sophie à Pierre. Ce sont certainement des braconniers qui ont tiré.

Comme ils ne voulaient pas inquiéter les autres, la discussion s'arrêta là.

– Cette propriété a l'air superbe, s'exclama Muriel. Même si on n'en a pas le droit, voyons un peu ce qui se trouve au bout du chemin.

Une jolie allée, tout en herbe, les mena à un grand étang. Au milieu, une petite île boisée semblait flotter sur l'eau.
- Que c'est beau, dit Pauline, ce doit être super de faire un bivouac sur une île.
- Trop drôle, répondit Jess, qui avait repris tous ses esprits, tu veux y aller à la nage ?
Sophie restait toujours à l'écart de ces petites querelles, mais elle fit remarquer que, sur l'île, de la fumée sortait d'une cabane camouflée dans le sous-bois.
- Il doit y avoir quelqu'un, dit Muriel. Je vous rappelle que nous sommes dans un lieu privé, on ferait mieux de déguerpir.
En ressortant de la propriété, Pierre évalua la hauteur de la barrière : pas loin d'un mètre cinquante...
- Il est presque midi et il nous faut du pain, rappela Sophie. Muriel, peux-tu voir sur ta carte s'il y a un village pas loin ?

On ne parla plus que de l'exploit de Jess et surtout de celui de sa ponette. Autant dire qu'on allait l'entendre, son histoire, elle qui ne cessait déjà de porter Jalna aux nues. Bientôt, elle serait championne du monde ! Pour le moment, les bonnes copines en profitaient pour se moquer d'elle :

– Tu devrais la préparer pour les prochains Jeux olympiques... Regarde Jappeloup, il n'était pas bien grand mais il a gagné la médaille d'or !

– Bande de jalouses ! répondait Jess, qui n'avait pas l'habitude de se laisser faire.

C'est ainsi que le groupe fit un petit détour pour passer par un village et y acheter du pain. Devant la boulangerie, les chevaux étaient en paquet et Muriel rappela que, sur une route, les cavaliers sont assimilés à des véhicules et doivent donc respecter le code de la route.

Sophie eut la bonne idée d'acheter un gâteau pour fêter l'événement. Il restait à chercher un endroit pour la halte de midi et, comme les émotions avaient creusé l'appétit, il fut rapidement trouvé.

Muriel, toujours prête à donner une leçon à ses élèves, en profita pour leur faire des recommandations :

– Ici, on ne peut pas attacher les chevaux directement à ces troncs d'arbres car ils rongeraient l'écorce. Contrairement à celle des chênes ou des sapins, elle est lisse et grisâtre et les feuilles sont larges, sans présenter de dentelure : ce sont des hêtres. Apprenez à reconnaître les principaux arbres de nos forêts car, attention, certaines feuilles ou fruits sont toxiques : un véritable poison pour les chevaux. Le plus dangereux est l'if. Quelques bouchées sont mortelles pour eux !

– On devrait en donner à manger à M. Smith, proposa Jess.

Muriel ne répondit pas, car elle était déjà en train de choisir les arbres auxquels elle pourrait attacher la corde pour faire la ligne et y nouer les longes.

Elle expliqua ensuite qu'il était préférable de faire une ligne haute, de façon à éviter que les chevaux ne s'y prennent les pieds.

– Bien sûr, dit Pauline, qui était petite, comme ça je n'arriverai pas à attacher le mien toute seule !
Pierre proposa de l'aider et fit tenir son cheval par Léa.
Lorsque les chevaux furent installés, les cavaliers déjeunèrent dans la bonne humeur. Le gâteau au chocolat fut très apprécié ; Pierre était impressionné par la gourmandise des filles ainsi que par celle de Polka, qui ramassait toutes les miettes.

L'après-midi se passa agréablement, mais depuis le coup de feu du matin, chacun gardait les rênes ajustées, prêt à intervenir pour ralentir.
La mystérieuse Sologne n'avait pas fini de surprendre...
Le soir, Muriel avait prévu un gîte, moins confortable que celui de la veille. Elle avait retenu par téléphone. Même sans connaître les lieux, elle savait que c'était une ferme où

tout le monde dormirait sur la paille. Après tout, l'improvisation faisait également partie de la randonnée !
Lorsque Pauline entendit parler de dormir dans la paille, elle pensa aux araignées, mais ne dit rien, pour éviter les moqueries de ses camarades.

Ce feu de camp sous les étoiles restera certainement un des meilleurs souvenirs de la randonnée.

Chapitre 5

Bivouac de J moins 1

Il était environ dix-huit heures lorsque Muriel annonça à ses cavaliers qu'il restait moins d'un kilomètre à parcourir. Ils commençaient à la connaître : c'était sa façon de leur demander de mettre pied à terre pour terminer l'étape, « comme de vrais randonneurs », se plaisait-elle à dire. Elle se débrouillait bien avec la carte car, depuis le début, le groupe arrivait toujours exactement à l'heure annoncée.

Le gîte était une grande ferme, située près de la lisière de la forêt solognote. À l'arrivée, Muriel prit Polka en laisse, pour éviter les querelles avec les autres chiens de la maison, qui ne manquèrent pas de venir la renifler pour faire connaissance. Le fermier salua les cavaliers et indiqua à Muriel l'endroit où ils allaient s'installer. Il avait paillé un appentis couvert pour abriter les chevaux et un autre endroit tout près d'eux pour les cavaliers. Mais, comme le temps était beau, ils pouvaient également dormir à la belle étoile.

– Dormir près de son cheval, quel bonheur ! pensa Pauline. Ce sera la première fois.

– Mais où est donc M. Smith ? demanda Muriel. Il est encore en retard et, justement, on a besoin des affaires qui sont dans le van...

Jess se crut autorisée à rajouter :

– Tant mieux qu'il ne soit pas là, car je ne peux pas le voir, ce type !

– C'est bon, rétorqua Muriel d'un ton sec. Tu sais bien qu'on a besoin de lui. Je ne vois pas comment on ferait s'il ne venait pas. Tu ferais moins la maligne si ce soir tu n'avais pas tes affaires pour dormir ! Heureusement, le voilà qui arrive.

Comme à son habitude, il ne dit bonjour à personne et s'installa plus loin, fumant et regardant régulièrement sa montre. Il semblait attendre quelqu'un.

D'ailleurs, quelques minutes plus tard, alors que tout le groupe était occupé à organiser le campement, un gros 4 × 4 s'arrêta dans la cour de la ferme. M. Smith alla saluer le conducteur et une discussion s'engagea.

– Il me semble qu'ils parlent anglais, dit Jess-la-curieuse, qui s'était approchée d'eux.

M. Smith rejoignit ensuite Muriel et lui indiqua qu'il allait s'absenter et rentrerait tard dans la nuit.

Muriel, que le comportement de cet homme agaçait, répondit sèchement :

– Faites ce que vous voulez, mais soyez là demain matin à huit heures trente, car nous devrons charger le matériel dans le van pour un départ fixé à neuf heures. Et rien ne vous empêche de nous aider, pour une fois ! De plus, il est inutile d'aller inspecter les chevaux dans la nuit, on s'en occupe, ajouta-t-elle en le regardant droit dans les yeux.

Les deux hommes partirent, visiblement gênés par cette dernière remarque.

Le travail ne manquait pas et chacun s'affairait à installer le camp lorsque le fermier et son épouse arrivèrent, l'air jovial.

– Eh ! les jeunes, dit l'homme, que pensez-vous d'un feu de camp pour ce soir ?

Les mines réjouies de nos randonneurs furent une réponse positive à sa proposition.

Pendant que Muriel vérifiait l'installation des chevaux, le sympathique fermier entassait une quantité impressionnante de bois sec et de grosses bûches. Il avait promis un vrai feu de la Saint-Jean, digne du premier jour de l'été.

Pendant que Pierre et Léa installaient le feu, Sophie apprenait à Pauline à préparer les grillades. Petit à petit, la confiance s'installait entre elles et Pauline regrettait ses pensées négatives de la veille. C'est vrai que Sophie était très gentille avec tout le monde. Bien qu'elle ne fasse pas directement partie du club du Marais Vert, elle avait réussi à s'intégrer dans le groupe.

– Mettez un pull, conseilla la fermière, car le feu ne chauffe que devant et, si vous n'en avez pas, vous allez prendre froid. Ici, les soirées sont fraîches.

Après avoir préparé les grillades, Pauline demanda à allumer le feu. C'était un instant magique et le groupe s'installa tout autour. La nuit tombait, le bois craquait en se consumant, illuminant les visages fatigués qui rougissaient progressivement avec la chaleur.

Ce feu de camp sous les étoiles devait rester l'un des meilleurs moments de la randonnée. Le fermier parlait avec passion de sa Sologne natale. Polka s'était approchée de lui et il ne cessait de la caresser, regrettant que Muriel ne la fasse pas chasser. C'est vrai que le setter gordon est réputé pour son excellent nez !

– Monsieur, demanda Pauline, y a-t-il des braconniers dans la région ? Ce matin, on a entendu un coup de feu.

– Normalement, la chasse est fermée en ce moment, mais je ne te cache pas que, du côté des étangs, certains ne se gênent pas, ce qui

est rigoureusement interdit et sévèrement puni par la loi.
- Ils doivent être dangereux, ces types ? interrogea Léa.
- Il ne faut pas exagérer, mais il est déjà arrivé que certains tirent sur des témoins qui les avaient vus chasser. Ici, vous pouvez dormir tranquilles. Et puis, vous avez un bon chien de garde avec vous !

Tous sourirent, car ils savaient que Polka ne ferait jamais de mal à une mouche. Sauf, peut-être, pour défendre quelqu'un qu'elle aimait. Qui sait...
- Qu'est-ce que c'est sympa, la randonnée ! se disaient les filles entre elles. Quand on pense que tant de cavaliers se contentent d'attendre leur tour pour sauter quelques obstacles dans un parcours de concours hippique qui dure si peu de temps !
- Moi, fanfaronna Jess, j'ai sauté un super obstacle avec Jalna !

– Arrête de frimer ! répondit Pauline, un peu jalouse.

Sophie avait prévu du camembert pour la fin du repas.
– Ne le mangez pas comme des gens de la ville, dit le cultivateur. Je vais vous montrer comment le dégustent les habitants de la région.
Il tailla une longue tige de noisetier vert, y piqua le morceau de fromage et le présenta devant la braise.
– Faites aussi roussir une tranche de pain au feu et mangez-les ensemble. Vous m'en donnerez des nouvelles !
Bien sûr, tous se brûlèrent les lèvres, tellement ces sandwiches au camembert chaud étaient succulents...
La suite de la soirée fut très agréable, chacun se laissant envoûter par le jeu des flammes et des escarbilles qui s'élevaient du feu pour se mêler aux étoiles, parsemées dans le ciel de cette belle nuit d'été.

Le cultivateur et son épouse prirent alors congé, et tous les remercièrent. Comme ils regardaient le ciel, Pierre demanda :

– Savez-vous comment on trouve le nord en se servant des étoiles ?

– Vas-y, explique-nous, Pierrot-la-science, dit Pauline. Tu sais bien qu'on l'ignore !

– Regardez ce groupe d'étoiles qui a la forme d'une casserole avec son manche : c'est la constellation, très reconnaissable, de la Grande Ourse, appelée aussi Grand Chariot. Il suffit de prolonger environ cinq fois la distance entre ces deux étoiles, expliqua-t-il en les désignant, pour trouver la fameuse étoile Polaire qui indique la direction du nord.

– Facile, dit Jess, mais si elle bouge, comment la retrouver ?

– Justement, répondit Pierre, elle ne bouge pas, car elle est située sur le prolongement de l'axe de la Terre. Ce sont toutes les autres étoiles qui semblent tourner autour de la Polaire.

– Ah bon, s'étonna Jess, un peu sceptique. Tu m'expliqueras de nouveau ça demain, car j'ai trop sommeil maintenant pour capter ton cours.

– C'est vrai, lança Muriel, il est l'heure de se coucher. Vérifiez que tout va bien du côté des chevaux.

Tout le monde était finalement content d'aller dormir, sauf Léa qui trouvait Pierre très romantique. Elle aurait volontiers passé la nuit à l'écouter...

Aidée de Sophie, Muriel rassembla la braise et les morceaux de bois au centre du feu. Il ne fallut pas longtemps à la petite troupe pour s'endormir, la tête pétillant des images fortes de cette belle journée. Polka était couchée comme à son habitude sur la couverture de selle du cheval de Muriel. C'était sa place car, de là, elle surveillait les selles.

Le jour commençait à poindre lorsque Pauline poussa un cri strident.

– Que se passe-t-il ? demanda Muriel, réveillée en sursaut.

Blême, les yeux écarquillés, Pauline dit :
– Une grenouille vient de me sauter dessus !
– C'était sûrement un crapaud plein de bave venimeuse ! ajouta Jess.
– Ah ! c'est malin, se lamenta Pauline à la grande joie de ses camarades, je rêvais justement qu'un beau garçon était en train de m'embrasser !
Le jour était maintenant levé lorsqu'arriva le 4 × 4 de M. Smith. Il était plein de boue.
– Mais où ont-ils pu aller cette nuit ? pensa Muriel. Après tout, ça ne me regarde pas, il est là, c'est l'essentiel...
Chacun s'affaira autour des chevaux, avant de boire le café ou le chocolat chauffés sur les braises attisées par le souffle de Pierre. La femme du cultivateur avait ramené du pain frais qui se transforma rapidement en tartines beurrées.
– C'est super, la vie de nomade, dit Léa en se rapprochant de Pierre.
– Oui, mais sans les grenouilles ! précisa Pauline.
– Bon, dans un quart d'heure, on est en selle, ajouta Muriel, pour couper court à cet échange.

Après avoir de nouveau chaleureusement remercié ses hôtes, la petite troupe prit joyeusement la route pour la dernière étape.

Entre les deux grands escaliers, trônait un immense totem en bois sculpté.

Chapitre 6

L'arrivée à l'Équirando

Depuis le début de l'étape, nos cavaliers randonneurs étaient très excités. Ils allaient enfin découvrir le plus grand rassemblement annuel de chevaux de France : l'Équirando ! À part Muriel, qui y avait déjà participé quelques années auparavant, les autres n'avaient connu jusqu'alors que de petits regroupements de chevaux les jours de concours.

– Quand arriverons-nous ? demanda Pauline.

– Nous pourrions arriver vers quinze heures, mais à condition de ne pas nous arrêter à midi. Qu'en pensez-vous ? demanda Muriel.

– Personnellement, je trouve que c'est mieux, dit Pierre. Plus tôt on arrive, plus facilement on peut s'installer, avant l'affluence.

Tous étaient d'accord, car ils avaient hâte d'arriver.

Au cours de cette dernière étape, nos cavaliers du Marais Vert rencontrèrent de nombreux randonneurs qui convergeaient vers le site de Lamotte-Beuvron. Les contacts étaient amicaux et, à chaque rencontre, les mêmes questions fusaient : d'où venez-vous ? Combien de kilomètres avez-vous parcourus ? En combien d'étapes ?
Le règlement de l'Équirando prévoit que chaque équipe effectue trois étapes au minimum. Un carnet de route signé par le responsable de chaque étape est vérifié à l'arrivée par les organisateurs. Des récompenses sont décernées aux plus méritants, surtout en fonction des distances parcourues. Avec seulement trois étapes, les cavaliers du Marais Vert n'avaient rien à espérer, car certains randonneurs étaient partis depuis des semaines, parfois même de l'étranger !
– Je sens qu'on va bien s'amuser, dit Léa.

– Je vous rappelle, dit Muriel, que c'est ici, à Lamotte-Beuvron, que sont installés les bureaux de la Fédération française d'équitation. De nombreuses compétitions y sont régulièrement organisées, comme le fameux championnat de France de poney, au début du mois de juillet. Dès l'arrivée, les chevaux seront identifiés par un vétérinaire, qui vérifie les vaccinations sur le carnet de santé. Ensuite, il faudra rechercher l'emplacement prévu pour le groupe du Marais Vert. J'espère que nous serons installés sous des arbres, comme je l'ai demandé.

– Mais c'est M. Smith, s'exclama Pierre en montrant le 4 × 4. Il est déjà arrivé !

Après avoir effectué les démarches réglementaires, nos cavaliers arrivèrent à l'endroit qui leur était réservé. Sophie et Pierre sortirent les tentes du van et commencèrent à les monter sous les arbres, juste en face de la ligne d'attache des chevaux. Selles et harnachements furent rangés dans le van.

Depuis leur arrivée, les filles n'avaient qu'une idée en tête : faire le tour du site pour voir les chevaux, mais aussi les nombreux stands. Muriel intervint car elles n'arrêtaient pas de papoter.

– On s'installe d'abord, on fait boire les chevaux, on leur donne une petite ration de foin et on se balade seulement ensuite !

C'était dans ces occasions que l'on se rendait compte de l'efficacité de Pierre. Il ne disait quasiment rien, posait peu de questions, mais agissait. Rapidement, il avait écarté d'autres cavaliers qui commençaient à installer leurs tentes trop près et avait mis de côté plusieurs ballots de paille pour délimiter l'endroit.

Moins d'une demi-heure après, les chevaux, sagement attachés, grignotaient le foin déposé à l'aplomb de chaque point d'attache. Muriel donna alors quartier libre à chacun, avec un rendez-vous dans une heure. M. Smith et son copain avaient disparu depuis longtemps...

Muriel, Sophie et Pierre restèrent sur le campement pour surveiller les montures et parfaire l'installation. Les chevaux, quant à eux, étaient tout à fait à l'aise, forts de leur extraordinaire faculté d'adaptation.

Un peu plus tard, les filles revinrent, très excitées.

– On a vu M. Smith et son copain, dit Jess. Ils discutaient avec un autre type et gesticulaient en désignant notre emplacement, et ils avaient l'air de se quereller. Je me demande ce qu'ils manigançaient !

– Je sais qu'ils sont bizarres, dit Muriel, mais on a encore besoin de M. Smith pour ramener les chevaux dans le camion, dimanche soir. Peu importe ce qu'ils font. En revanche, il faut qu'on se mette bien d'accord sur les responsabilités de chacun. Il n'est pas question que ce soient toujours les mêmes qui surveillent les chevaux et toujours les mêmes qui se promènent. Nous ferons la garde, chacun à notre tour. En attendant, racontez-nous ce que vous avez vu.

– Il y a des milliers de chevaux partout, dit Pauline.

– N'exagère pas, reprit Jess, on nous a parlé de plusieurs centaines, pas de milliers ! On a

aussi vu le bâtiment de la Fédération, il est superbe. Devant, entre deux grands escaliers, il y a un immense totem en bois sculpté. C'est un tronc de cèdre, nous a expliqué un homme qui travaille là. Le totem est aussi haut que le bâtiment et surmonté de trois têtes de chevaux, avec d'immenses crinières, vous devriez aller le voir. Mais au fait, pourquoi trois têtes ?
– Ces trois têtes représentent les trois parties qui composent la Fédération : les sports équestres, l'équitation sur poney et le tourisme équestre, répondit Muriel.
Jess n'écoutait déjà plus. Toute son attention était tournée vers le site et les stands qui vendaient tellement de choses : sellerie, vêtements, souvenirs, bijoux...

– Voici le programme de la soirée, annonça Muriel : vers dix-neuf heures, vous emmènerez les chevaux à l'abreuvoir. Ensuite, vous leur donnerez la ration du soir. Le dîner, avec animations, est prévu à vingt heures. Maintenant, vous pouvez faire ce que vous voulez, mais vous n'oublierez pas de les abreuver avant de vous coucher.

– Et demain, que se passera-t-il ? demanda Léa.

– Le moment fort de la journée sera le défilé, dans la ville, de tous les chevaux. Je compte sur vous pour bien briquer les nôtres, car nous représenterons notre région et notre club. À part ça, je pense que d'autres activités sont organisées dans le camp, mais je ne suis pas au courant, vous n'avez qu'à demander aux autres. Une dernière consigne : cette nuit, évitez de vous coucher tard, car la grande soirée de gala a lieu demain soir.

Les cavaliers se retrouvèrent pour dîner dans un immense manège. Il y avait des tables partout et, sur le podium, un groupe de musiciens gitans avec une danseuse de flamenco. Quelle fête ! Des habitués se retrouvaient chaque année et c'était l'occasion de chanter à tue-tête. Des groupes se répondaient de table en table et la fête se prolongea tard dans la nuit. Mais, pour les jeunes du Marais Vert, ce n'était que le premier soir et, comme l'avait demandé Muriel, le groupe rentra vers vingt-deux heures.

Pendant que les jeunes vérifiaient les attaches des chevaux, les musiciens de flamenco passèrent en saluant le groupe. Ils avaient l'air très sympathiques et la danseuse, qui s'appelait Dolorès, portait une longue robe espagnole que les filles admirèrent. Son chignon laissait voir de grandes boucles d'oreilles. Elle caressa Polka, qui faisait toujours l'admiration de tous.

Pierre, qui jouait un peu de guitare, discuta avec les musiciens et Pedro, le chef, lui proposa d'assister à leur prochaine répétition. Quand les musiciens prirent congé, Pierre était ravi.

– Tiens, songea Muriel avant d'entrer dans sa tente, j'avais demandé à M. Smith de placer le van et la voiture derrière, mais il les a laissés juste devant, comme prêts à partir ! Bizarre, mais puisqu'ils ne gênent pas...

Moins d'un quart d'heure plus tard, tout le monde dormait à poings fermés, la tête remplie, une fois de plus, d'images de fête et de chevaux.

Dans le noir, deux hommes s'affairaient à faire monter de force un cheval dans un van...

CHAPITRE 7

Disparus !

Le lendemain matin, Léa fut un peu vexée de ne pas s'être réveillée suffisamment tôt pour s'occuper des chevaux. Pierre, Sophie et Muriel s'en étaient chargés, alors que Pauline et elle dormaient encore.

Après un copieux petit déjeuner pris sur le tard et un pansage soigné des chevaux, il était presque midi. Muriel donna à chacun dix euros pour déjeuner, car les pizzas et les sandwiches ne manquaient pas sur le site.

– Faites ce que vous voulez, leur dit-elle. On se retrouve à quatorze heures pour préparer le défilé. C'est un peu tôt, mais on aura tout notre temps.

Léa, Pauline et Jess achetèrent des sandwiches et partirent chiner dans les boutiques. Jess avait décidé de s'offrir la jolie bague repérée la veille. Le vendeur lui assurait que c'était une authentique bague indienne, surmontée d'une pierre de couleur turquoise...
Pierre et Sophie étaient allés, de leur côté, assister à la répétition des musiciens. Quant à Muriel, elle participait à la réunion des chefs d'équipe, où étaient données toutes les consignes d'organisation du défilé.

À quatorze heures, le groupe était là et Muriel, satisfaite de la ponctualité de ses élèves, leur donna les directives.
– On graissera les sabots au dernier moment, pour éviter que du sable ne s'y colle. Comme il y a beaucoup d'insectes, on vaporisera aussi un insecticide sur les chevaux. Je porterai l'étendard du club et, Léa, je te propose de tenir Polka en laisse, elle en a l'habitude.

C'était très impressionnant de participer à un défilé de plusieurs centaines de chevaux à travers une ville. Tout au long du parcours, une foule de spectateurs acclamait les cavaliers et, en passant devant le podium officiel, un animateur présentait chaque équipe, annonçant le nom du club et sa région d'origine.

De nombreux photographes de presse et des caméramans mitraillaient les cavaliers, qui n'en étaient pas peu fiers, en particulier ceux du Marais Vert !

– On va sûrement être en photo dans des magazines, claironna Pauline très excitée.

– Avec ma Jalna, on sera des stars ! surenchérit Jess.

Les chevaux du défilé laissèrent de nombreux souvenirs aux habitants de la ville. Notamment les crottins qui jalonnaient le parcours...

– Ce soir, on sera plus de mille cinq cents personnes à table, dit Sophie, qui l'avait appris des musiciens.

En cette tranquille fin d'après-midi, ils étaient tous assis près des chevaux, sur les ballots de paille. Enfin, il commençait à faire un peu plus frais, après cette journée de canicule...
Les filles allèrent se faire belles pour la soirée et Muriel attacha Polka avec une longe, car les chiens étaient interdits au repas. Couchée sur sa couverture de selle, la chienne regardait avec tant de tristesse qu'elle aurait presque fait pitié.
– On va avoir droit à des discours, dit Pierre, qui se rendait souvent avec ses parents à des soirées officielles. N'hésitez pas à applaudir, les politiques adorent ça !
Avant le dîner, effectivement, d'interminables discours ennuyèrent beaucoup de convives, mais ensuite les musiciens firent patienter l'assistance en jouant dans l'attente du spectacle. Tout le monde chahutait et seule l'arrivée des serveurs chargés de plats calma l'assistance.

- Au fait, dit soudain Muriel à Jess, as-tu pensé à souhaiter l'anniversaire de ta tante ? Tu m'avais demandé de te le rappeler.

- Oh ! mince ! répondit-elle. J'avais complètement oublié...

Muriel lui proposa alors son portable pour la contacter, mais Jess ne connaissait pas par cœur le numéro de téléphone de sa tante. D'ailleurs, il y avait bien trop de bruit dans la salle pour avoir une conversation téléphonique ! Elle partit donc au camp pour appeler et, finalement, c'était une bonne occasion de vérifier les chevaux.

La soirée de gala se poursuivait chaudement et certains s'étaient même mis à danser pendant que la musique battait son plein.

Lorsque Jess arriva au campement, elle comprit tout de suite que quelque chose d'anormal se passait. Le van était ouvert et, dans le noir, deux hommes tentaient d'y faire monter un cheval de force. En approchant, elle reconnut Jalna, M. Smith et le chauffeur du 4 × 4. Elle se mit à crier en courant vers eux, mais M. Smith la maîtrisa violemment. Elle se débattait de toutes ses forces mais en vain, car l'homme était beaucoup plus fort qu'elle. La main sur la bouche, il l'empêchait de crier pendant que l'autre la ligotait et la bâillonnait. Comme elle continuait à s'agiter, l'un des deux hommes la frappa sur la tête et elle perdit connaissance...

– Mais que fait Jess ? dit Muriel, qui commençait à s'inquiéter. Elle n'a pas besoin d'une heure pour téléphoner, quand même !
– Oh ! s'exclama soudain Léa. Mais c'est Polka qui arrive ! On dirait qu'elle nous cherche.
– Tu as raison, répondit Muriel qui appela la chienne. Comment a-t-elle fait pour s'échapper ?
La réponse était claire : Polka avait rongé sa longe. Ils comprirent alors qu'un événement

grave s'était produit et le groupe se leva précipitamment pour filer au campement. Précédés de Polka, ils coururent jusqu'à la tente et ce fut le choc !

Jess avait disparu et Jalna aussi. La voiture n'avait pas bougé ; par contre, le van n'y était plus.

– Il a été tracté par une voiture à pneus larges, dit Pierre en inspectant les traces. On dirait ceux d'un 4 × 4.

De plus, le sol était complètement labouré, ce qui laissait supposer que Jalna avait dû batailler dur avant de monter dans le van.

Tous s'en voulaient d'avoir laissé partir Jess seule, lorsque Pauline ramassa un objet qui brillait sur le sol. C'était un fer de petite taille hérissé de clous. Il avait sûrement dû s'arracher en faisant monter Jalna dans le van...

– Polka a certainement tout vu et a rongé sa corde pour venir nous prévenir. Bonne chienne ! dit Muriel en la caressant.

– Vous vous rendez compte, dit Pauline, ils ont peut-être tué Jess !

– Arrête un peu de dramatiser tout le temps, asséna Muriel, on va prévenir les gendarmes.

Je n'ai plus mon portable, puisque c'est Jess qui l'a ! Pierre, fais-le, s'il te plaît.

Après l'affolement général, le groupe était maintenant complètement anéanti. Assis sur les ballots, chacun se posait des questions, lorsque Pierre fit remarquer qu'ils n'avaient pas vu M. Smith depuis un moment... Pourtant, il s'était intéressé à Jalna de bien près ! Une personne de l'organisation passa et demanda ce qui arrivait. Muriel, très énervée, expliqua la situation. L'homme leur indiqua qu'en faisant sa ronde, il avait bien vu deux gaillards charger un poney dans un van. Comme il rechignait à monter, il leur avait proposé son aide. L'un d'eux, avec un fort accent anglais, avait répondu que l'animal avait des coliques et devait être rapidement transporté chez un vétérinaire.

– Et vous n'avez pas vu une jeune fille avec eux ? demanda Muriel.

– Non, répondit l'homme.

– À coup sûr, notre chauffeur est impliqué là-dedans, constata Muriel. Quand les gendarmes arriveront, il faudra leur raconter tout ça.

Un peu plus tard, en rentrant de la soirée, les gitans et la belle danseuse passèrent par là. Pierre leur raconta l'histoire et Pedro, devenu soudain soucieux, leur proposa :

– On connaît beaucoup de monde dans la région, si vous avez besoin d'aide, n'hésitez pas. Voici mon numéro de portable.

Lorsque les gendarmes arrivèrent, ils prirent les faits très au sérieux, car une personne mineure avait été enlevée. Muriel leur signala ses doutes au sujet de M. Smith et n'omit pas de raconter l'inspection nocturne au gîte. L'organisateur leur raconta également ce qu'il avait vu.

– Bon, dit l'officier, nous allons communiquer le numéro d'immatriculation du van aux autorités de toute la région et contacter les parents de l'enfant disparue. Pour le poney, n'ayant pas de renseignements en dehors de sa description, nous pouvons juste diffuser son signalement.

– À votre avis, demanda Léa, que s'est-il passé ?

– Ce dont nous sommes certains, c'est que le vol était prémédité. Mais nous ne comprenons pas pourquoi un poney, apparemment sans valeur, a été enlevé.

– Mais dites tout de suite que Jalna ne vaut rien ! s'exclama Pauline, à la limite de l'impertinence.

– Je n'ai pas dit ça, mademoiselle, répondit calmement le gendarme. Je fais une enquête et je recherche simplement le mobile du vol. Laissez-nous faire et essayez de vous reposer. Nous reviendrons demain, au jour, pour examiner les lieux en détail.

Lorsque les gendarmes s'en allèrent, l'ambiance au sein du groupe était particulièrement maussade.

Personne ne parlait, mais les imaginations allaient bon train, car tous connaissaient Jess ! Ils se doutaient bien qu'elle ne resterait pas inactive...

La carte fut immédiatement dépliée...

Chapitre 8

L'étang mystérieux

En peu de temps, tout le site de l'Équirando fut au courant du double enlèvement. Les interrogations des curieux mais aussi les témoignages d'amitié ne manquèrent pas, réconfortant notre équipe totalement terrassée par cet événement incompréhensible.

Assise, Léa se morfondait. Comme les autres, elle était très inquiète, mais en plus, elle s'en voulait car elle s'était souvent disputée avec Jess. Maintenant, elle le regrettait amèrement et ne savait plus que penser de la situation. Une larme perla aux coins de ses yeux.

Pierre, qui l'observait depuis un moment, vint s'asseoir à côté d'elle. Cette présence la réconforta. Aussi, lorsqu'il essuya les larmes du revers de sa main, elle lui sourit. Il lui demanda de ne pas inquiéter Pauline, compte tenu de son jeune âge. Il se mit alors à penser tout haut.

– Je ne comprends vraiment pas pourquoi ils ont enlevé cette ponette plutôt qu'un autre cheval... En revanche, la suite me semble logique. Imaginons qu'ils soient en train de batailler pour faire monter Jalna dans le van et que, par hasard, Jess arrive à ce moment-là. Souvenons-nous qu'elle était partie téléphoner à sa tante. On la connaît, elle a dû faire un foin terrible, hurler, gesticuler... Surpris, les voleurs ont sans aucun doute voulu la faire taire, afin de ne pas attirer l'attention. Ils l'ont donc maîtrisée, bâillonnée, ligotée et probablement cachée dans le coffre du 4 × 4. C'est pour cela que la personne qui a assisté à l'enlèvement de la ponette n'a pas vu Jess. Polka a dû terriblement aboyer, mais elle ne pouvait rien faire puisqu'elle était attachée ! Mais dès qu'elle a réussi à ronger sa longe, elle est venue nous prévenir. Je pense que Smith est dans le coup, car on ne l'a pas revu depuis et

le témoin a d'ailleurs dit que l'homme parlait avec un fort accent anglais. Ils ont dû tracter le van avec leur 4 × 4. Pour moi, tout semble cohérent, sauf le choix de la ponette.
Il rajouta, songeur : « À moins que... »

C'est alors que les gendarmes arrivèrent.
– Rien de nouveau, les jeunes ? demanda l'officier, pour les décontracter.
– Non, mais vous avez peut-être des nouvelles ? demanda Muriel.
– On a essayé de prévenir les parents, mais ils ne sont pas chez eux. Nous avons mis au courant la tante. L'enquête continue mais, actuellement, il n'y a rien de neuf et personne n'a vu le van. Dans cette région, les petites routes sont si nombreuses qu'il est difficile de tout passer au peigne fin en si peu de temps.
Les gendarmes partis, tous restèrent perplexes.
– Quand je pense qu'en ce moment, ils sont en train de torturer Jess, soupira Pauline. Elle est peut-être morte !

Léa, un peu agacée par ces propos, lui répondit :
– Arrête un peu, tu nous énerves. Ils l'ont enlevée pour qu'elle ne les dénonce pas, de là à la tuer, quand même !
– Au fait, dit Muriel, elle a toujours mon portable ! Pierre, tu n'aurais pas reçu un message, par hasard ?
– Quelle erreur de ma part, répondit-il, je l'avais éteint.
C'est avec une grande anxiété qu'il l'alluma. Lorsqu'un double bip se fit entendre et que l'écran indiqua « *un message reçu* », l'impatience se lisait sur tous les visages. Ils virent qu'il provenait du portable de Muriel et lurent en se rapprochant de Pierre :
« ÎLE ÉTANG ESCALIER GAUCHE TOTEM 4 MARCHES HAUT PAREIL NŒUD DANS BOIS ».
Pierre relut le texte plusieurs fois, mais personne n'y comprenait rien. C'est alors que Pauline se rappela que, dans l'après-midi, elle et Jess étaient allées voir le totem du bâtiment de la Fédération. Il ne leur restait plus qu'à y retourner pour essayer de comprendre le mystérieux message.

Sur place, devant le totem, chacun élabora mille et une hypothèses. Le message parlait d'une île et Sophie ne manqua pas de préciser qu'ils avaient vu plusieurs étangs en venant. Certains avaient certainement une île au milieu, comme celui où Jess avait sauté la barrière. Pour sûr, le totem renfermait la solution à cette énigme.
Escalier gauche. Toute l'équipe y monta, s'arrêtant comme indiqué à la quatrième marche à partir du haut.
– Et si on envoyait un texto à Jess, pour lui demander plus de précisions ? suggéra Pauline.
– Surtout pas, mauvais plan ! répondit Pierre. Imagine que ses ravisseurs lui aient pris son portable...
Île étang... Pareil nœud dans bois.
– Mais il n'y a pas d'île à côté du totem, observa Pauline.
– Merci, on l'avait remarqué ! À nous d'analyser tous les indices du message, car Jess a forcément cherché à nous mettre sur la voie.

Sur le totem, en face de la quatrième marche, un magnifique nœud dans le bois faisait un dessin bizarre, juste à la pointe de la crinière sculptée.

– C'est vrai qu'on pourrait imaginer le dessin d'un étang avec une île au milieu, remarqua Sophie. Supposons que Jess et Jalna y soient séquestrées, il faudrait y aller en barque pour traverser. J'imagine mal la ponette monter dans une barque !

Tout cela n'était que des suppositions et, pendant ce temps, Jess souffrait peut-être...

– Si ce nœud dans le bois représente bien une île, reprit Pierre, elle ne doit pas être très loin d'ici. Prenons la carte et cherchons-y un étang qui ressemble à la description du totem.

– Super idée, dit Pauline, je cours chercher la carte de Muriel.

Quelques minutes plus tard, elle était de retour et la carte fut immédiatement dépliée et posée sur le sol. Tous se mirent à chercher l'étang au contour bien particulier.

Pauline, la première, découvrit une forme qui pouvait ressembler à l'indice et, chose étonnante, l'étang était situé le long de leur itinéraire.

– Mais... c'est là où Jess a sauté la barrière ! dit-elle. Souvenez-vous, il y avait bien une île au milieu et on avait même remarqué une cabane dont la cheminée fumait.

– Et si c'était un repaire de braconniers et que M. Smith était de mèche avec eux ? insinua Pierre.

Ce qui était incompréhensible, c'était comment Jess avait pu connaître la forme de l'île pour être capable de la décrire à travers son message.

– Moi, j'ai compris, dit Pauline. Regardez ! Un morceau de ficelle est encore noué autour de la balustrade. Ils ont dû l'attacher là pour la cacher, pendant qu'ils cherchaient sur la carte un itinéraire pour se rendre à l'étang. La maligne a dû repérer l'île. Par la suite, même avec les mains attachées, elle a pu prendre le portable dans sa poche et nous expédier le message. Ah ! Super-Jess, ils ne savent pas à qui ils ont affaire !

À ce moment, Pedro et Dolorès passèrent devant le totem.
– Salut, Pierre, mais que faites-vous ici à cette heure ?
– Je crois qu'on a trouvé où les voleurs ont caché Jess et la ponette. On pense qu'ils sont sur cette île, dit-il en la pointant sur la carte. Mais comment nous y rendre ?
– Pas de soucis, dit Pedro, allons-y avec mon estafette, je vous emmène ! J'ai d'ailleurs un vieux compte à régler avec certains braconniers qui ne se gênent pas pour dérober tout ce qu'ils trouvent. Le mois dernier, ils ont volé nos instruments de musique dans l'estafette. Ils les ont peut-être cachés sur cette île !
Il examina la carte et dit à Dolorès :
– Tu as vu, on dirait le coin où nous avions perdu leurs traces, la dernière fois. Vous

savez, dit-il au groupe, ces types sont très dangereux. Ils sont capables de tirer sur ceux qui les découvrent. Même les gendarmes les craignent. C'est une véritable bande organisée, ils font leurs coups la nuit et se camouflent le jour dans leur repaire que personne n'a encore réussi à trouver. Ce serait une chance si nous y arrivions !

– On y va ! décida Muriel. Mais je veux que l'un d'entre nous reste au camp pour surveiller les chevaux. Pauline, tu es la plus jeune et ce que nous allons entreprendre peut être dangereux. Je te confie donc la responsabilité des chevaux et du matériel. Garde Polka pour te tenir compagnie.

À la fois flattée par cette responsabilité et déçue de ne pas participer à l'expédition, Pauline répondit par une moue.

Pierre, toujours très organisé, prit un morceau de papier et l'appliqua sur le nœud du bois en frottant dessus avec la mine d'un crayon. Il avait appris à relever une empreinte chez les scouts.

– Ça peut nous être utile, dit-il en mettant le papier dans sa poche. Bizarre, le trait qui semble traverser ce qui représente le bras d'eau pour rejoindre l'île. Ce doit être un gué.

– C'est quoi, un gué ? questionna Pauline.

– C'est un endroit où l'eau n'est pas profonde et où l'on peut traverser facilement.

Lorsque l'estafette arriva, tout le monde y grimpa fébrilement. Le soleil s'était couché et notre équipe de détectives prit le chemin de l'étang mystérieux. Compte tenu de l'état des routes, une demi-heure serait nécessaire pour faire le trajet.

– Il faudrait que l'on prévienne les gendarmes, dit Sophie. Heureusement, j'ai mon portable...

C'est ainsi que, par cette chaude soirée de juillet, notre équipe de randonneurs, un gitan musicien et une danseuse partirent à travers

la Sologne vers un étang mystérieux, espérant délivrer Jess et Jalna, séquestrées par de redoutables ravisseurs.
Quelle histoire ! Eux qui voulaient seulement passer quelques jours à cheval...

Pierre traversa et tous le suivirent en se tenant la main.

Chapitre 9

Suspense total

La nuit était tombée lorsque l'estafette de Pedro s'arrêta devant la barrière menant à l'étang. Cette même barrière impressionnante que Jess avait sautée avec Jalna quelques jours auparavant !

À ce moment, Muriel émit un doute : et s'ils s'étaient trompés depuis le début ? Si cet indice sur le totem n'était pas une bonne piste ? De toute façon, il était trop tard pour reculer, car toute l'équipe était là, déterminée à libérer Jess et Jalna. Pas question de rebrousser chemin...

– Quand je pense que Jalna a sauté cet obstacle ! s'exclama Léa en s'approchant de la barrière.

Soudain, elle poussa un petit cri de surprise. Elle venait de trouver un petit objet brillant, coincé dans une fente du bois de la barrière. Pedro éclaira l'objet avec sa lampe, cachant une partie du faisceau avec sa main, pour ne pas attirer l'attention.

– Regardez, regardez, clama Léa, tout excitée, c'est la bague que Jess a achetée à l'Indien du camp. La petite futée l'a coincée ici pour attirer notre attention !

Ils avaient maintenant la preuve que Jess était sur l'île, mais encore fallait-il trouver le gué qui permettrait de traverser le bras d'eau pour la rejoindre... Pierre sortit de sa poche le morceau de papier sur lequel il avait reproduit le nœud du bois.

– On va comparer le dessin et la carte. Je pense que ce trait en travers indique le passage du gué.

L'examen du dessin permit de remarquer que le bras d'eau était particulièrement large au niveau du gué présumé. Ils se mirent alors à contourner l'étang en se dirigeant vers le sud, comme l'indiquait la carte.

Tout en marchant, ils observaient sur le sol des traces de roues larges, identiques à celles qui avaient tracté le van. Heureusement, la pleine lune éclairait la forêt, ce qui permettait de distinguer les alentours. Moins de cent mètres plus loin, les traces s'arrêtaient au bord de l'eau. Pedro examina le sol.

– C'est ici qu'ils ont débarqué le poney, dit-il. Regardez : on voit des marques de pieds ferrés dans la boue. D'ailleurs, on dirait que l'un d'entre eux ne porte pas de fer.

– Normal, dit Léa, on en a retrouvé un à l'endroit où Jalna a été enlevée.

Ils examinèrent attentivement la rive et trouvèrent les traces de la ponette, s'arrêtant au niveau de l'eau. Le gué était bien là.

– Au fait, s'interrogea Sophie, où sont le 4 × 4 et le van ? Ils n'ont pas pu les faire traverser...

– Quelqu'un a certainement dû repartir avec, dit Muriel. J'espère que Jess n'était pas dedans !

Entre-temps, Pierre avait ramassé une longue perche de bois et commençait à traverser

l'eau. À chaque pas, la perche lui permettait de sonder le fond, mais l'eau ne lui arrivait qu'au-dessus des genoux. Il traversa jusqu'à l'autre rive, et tous le suivirent en se tenant la main, pour ne pas s'écarter du passage.
Il faisait doux et un grand calme régnait dans le bois. Qui aurait pu se douter que toute une équipe de jeunes progressait vers une cabane mystérieuse, dans le but de délivrer leur amie et sa ponette ? On entendait, de temps en temps, le craquement de branches et le chant de la hulotte dans le lointain. Des bruits furtifs d'animaux nocturnes indiquaient que le sous-bois grouillait de vie.
– Maintenant, il faut être très prudent et parler le plus doucement possible, chuchota Pedro. Je connais bien les braconniers, ils doivent être en train de boire. Vous ne trouvez pas que ça sent la fumée ? demanda-t-il en levant le nez vers le ciel.
En effet, ils pouvaient à présent distinguer la lumière rougeâtre et vacillante d'un feu. À mesure que le groupe avançait prudemment, des voix se faisaient entendre de plus en plus

distinctement. Cachés par des taillis, ils voyaient maintenant une cabane et deux hommes assis à l'extérieur, autour du feu.

– J'en reconnais un, c'est M. Smith ! s'exclama Léa.

– Parle moins fort ! dit Pierre, contrarié.

Tout le groupe s'était accroupi dans le sous-bois, à moins de cinquante mètres des hommes. Ils pouvaient nettement distinguer un fusil, posé contre le rebord de la fenêtre de la cabane : peut-être était-ce le fusil du coup de feu, quelques jours auparavant... Un des hommes se leva, alluma sa lampe de poche et entra dans la cabane. Un halo de lumière apparut à travers la fenêtre. L'homme revint ensuite s'asseoir.

– Ce sera difficile de voir si votre amie est à l'intérieur, dit Pedro. À moins qu'on arrive à les occuper et que, pendant ce temps, l'un d'entre nous s'approche de côté et regarde par la fenêtre.

– J'espère que Jalna est là, pensa Léa, tout fort.

– J'ai une idée, dit Dolorès. Sophie, tu vas venir avec moi. Je leur raconterai n'importe quoi. Ce sont des hommes, ils céderont facilement au charme de deux femmes comme nous. Pendant ce temps, vous vous approcherez de la fenêtre pour voir si votre amie est à l'intérieur.

– Tout ça me fait très peur, dit Sophie. Es-tu certaine que je puisse t'aider ?

– Ne t'en fais pas, dit Dolorès. Ils ont déjà dû boire pas mal de vin et seront surpris en nous voyant. Imagine : deux femmes qui arrivent la nuit sur leur petite île ! Pas de panique, Sophie, on va improviser. Tout ira bien !

Dolorès se leva, prit Sophie tremblante par le bras et toutes deux se dirigèrent lentement vers la cabane. En les apercevant, le braconnier saisit son fusil et dirigea le canon vers les femmes, qu'il ne distinguait pas encore très bien.

– Qui va là ? demanda-t-il.

– Ne t'énerve pas, dit Dolorès, tu ne vas tout de même pas tirer sur des femmes !

Les deux hommes s'étaient levés et M. Smith semblait chanceler, certainement sous l'effet de l'alcool.

– Que faites-vous ici ? demanda agressivement l'homme au fusil.
– Et toi ? répondit-elle avec aplomb. Je venais déjà ici avec mon père lorsque j'étais toute petite et je connais ce repaire par cœur.
Les deux femmes s'étaient arrêtées tout près d'eux.
– Tu nous offriras bien quelque chose à boire, demanda Dolorès en montrant la bouteille posée à terre.
M. Smith dévisagea Sophie, qui avait entouré ses cheveux d'un foulard.
– J'ai l'impression de t'avoir déjà vue quelque part, lui dit-il.
Dolorès répondit :
– C'est ma cousine qui vient de l'Est et ne parle pas français. Alors, vous nous offrez à boire ? reprit Dolorès autoritairement.
Le braconnier, complètement éméché, remplit deux verres de vin et les leur tendit.
– Vous pourriez trinquer avec nous, suggéra Dolorès pour gagner du temps.

À quelques dizaines de mètres de là, Pedro échafaudait un plan. Il connaissait bien Dolorès et savait qu'elle arriverait à embobiner les hommes pendant un certain temps.
– Léa et Muriel, dit-il, allez discrètement voir par la fenêtre si votre amie est à l'intérieur et revenez nous prévenir pendant qu'on surveille les lascars.
Elles se faufilèrent à travers les branches et collèrent leur nez sur le carreau. La lumière de la lune permettait de distinguer les formes, au fur et à mesure que leurs yeux s'habituaient à la pénombre. Quand elles aperçurent Jess, leur cœur bondit de joie. La pauvre était bâillonnée et attachée sur une chaise au milieu de la pièce. Elle semblait dormir.
Elles voulurent la prévenir en tapant sur le carreau, mais soudain, Léa sentit un souffle tiède sur sa nuque. Effrayée, elle se retourna brusquement : c'était Jalna, attachée juste à côté. La ponette les avait reconnues !
Pendant ce temps, Sophie et Dolorès occupaient toujours les deux hommes et le reste de la troupe attendait impatiemment les nouvelles.

– J'ai une idée, dit Muriel à Léa, en nouant les extrémités de la longe aux anneaux latéraux du licol pour faire des rênes improvisées. Tu vas monter Jalna et passer devant les types, en te cachant sur le côté. C'est sûr, ils vont vous poursuivre, pensant que la ponette s'est détachée. Attends cependant que j'aie prévenu les autres pour qu'on aille ensemble délivrer Jess, pendant que tu les occupes le plus longtemps possible.
– Je suis morte de peur ! dit Léa, en sautant sur le dos de Jalna.
Muriel demanda à Léa d'attendre deux ou trois minutes avant de démarrer. Pendant ce temps, elle alla mettre les autres au courant de son plan. Lorsque Léa, dissimulée sur le côté de l'encolure, passa en trombe devant les hommes, le piège fonctionna parfaitement : par réflexe, ils partirent en courant pour essayer de rattraper la ponette, ce qui permit à tout le groupe de se retrouver à la cabane.
Mais le plus difficile restait à faire : délivrer Jess et capturer ces hommes dangereux...

Léa et la chienne se mirent à poursuivre le fuyard.

CHAPITRE 10

Comment délivrer Jess ?

La pauvre Jess, ligotée et bâillonnée dans la cabane secrète, ne se doutait pas encore que ses amis étaient en train de la délivrer, pendant que Léa et la ponette éloignaient les brigands !

– Il n'y a pas de temps à perdre, dit Pedro. Sophie et Dolorès, vous restez devant, comme si tout était normal. Nous, on entre, on délivre Jess et on attire les hommes à l'intérieur dès leur retour.

La porte était fermée à clé. Comme les ravisseurs se trouvaient encore loin, Pierre n'hésita pas une seconde, prit son élan et, d'un grand coup d'épaule, fit sauter brusquement le verrou. Il ne pensait pas être aussi fort !

Ils entrèrent et, en les voyant, Jess écarquilla les yeux de surprise. Muriel enleva le bâillon et plaqua la main sur sa bouche pour qu'elle se taise, ce qui fut difficile. Un immense bonheur se lisait sur le visage de Jess. Enfin, elle revoyait ses amis !

Pendant ce temps, Pedro avait trouvé de grands sacs à pommes de terre qui traînaient dans un coin et en tendit un à Pierre.

– Voilà mon plan, dit Pedro. Lorsque nos deux lascars seront de retour, tu pousseras un cri, dit-il en s'adressant à Jess. À coup sûr, ils entreront sans se douter de la suite. Pierre et moi, nous enfilerons les sacs sur leur tête pour les immobiliser. Ensuite, on improvisera...

Pedro était calme, mais ce n'était pas le cas des autres !

Lorsque les braconniers furent de retour, Sophie prévint le reste de l'équipe en donnant, comme convenu, trois petits coups sur la porte.

À ce moment, Jess, que tout ça commençait à amuser, cria de toutes ses forces. En passant, le braconnier saisit son fusil et, avec son complice, il s'engouffra à l'intérieur. Tout alla ensuite très vite.

Pedro n'eut pas de mal à enfiler le sac sur la tête de M. Smith, mais Pierre ne parvint pas à en faire autant avec le braconnier. L'homme, sans scrupules, dirigea le fusil vers Pierre et appuya sur la détente. Par bonheur, pendant que les brigands coursaient le poney, Dolorès avait déchargé l'arme.

Pierre, redoublant de courage, se jeta sur l'homme et le renversa. Une lutte s'ensuivit, mais l'homme se releva et tenta de s'enfuir par la porte. Comme Dolorès et Sophie la maintenaient fermée, il fonça vers la fenêtre et, d'un grand coup avec la crosse du fusil, cassa la vitre, sauta et s'enfuit à toutes jambes.

En quelques secondes, Muriel avait défait les liens de Jess. Pedro utilisa les morceaux de ficelle pour ligoter le prisonnier qui hurlait, la tête dans le sac.
Entre-temps, Léa, qui était revenue avec le poney, se mit à poursuivre le fuyard. Les autres suivirent, laissant le prisonnier solidement ligoté se débattre sur le sol.

Les gendarmes, prévenus, étaient passés au camp et avaient emmené Pauline et Polka pour rejoindre l'étang, lorsqu'ils entendirent crier dans le bois.
Pauline reconnut immédiatement Léa et Jalna galopant derrière le fuyard qui trébuchait, tant il était essoufflé. Elle lâcha alors Polka qui se jeta sur l'homme terrorisé et lui arracha le bas du pantalon.
« Brave chienne ! » pensa Pauline.
Les gendarmes sommèrent l'homme de lever les mains et lui passèrent aussitôt les menottes.

Tous retournèrent alors sur l'île et les gendarmes commencèrent à fouiller la cabane pendant que Jess-la-pipelette racontait ce qui lui était arrivé.

– Il y a une chose que je ne comprends pas, demanda Muriel. Comment as-tu réussi à connaître la forme de l'île pour nous mettre sur la piste de l'étang ?

– Lorsque j'étais attachée à la rambarde de l'escalier, face au totem, mes ravisseurs ont déplié la carte en désignant un étang. J'étais bâillonnée, mais je pouvais voir et entendre tout ce qu'ils manigançaient. J'ai été surprise par la ressemblance de l'île avec le nœud dans le bois du totem, qui était juste devant moi. Je vous ai alors envoyé un texto, puis le téléphone s'est complètement déchargé. D'ailleurs, ils me l'ont pris... Coup de chance : s'il n'y avait pas eu le nœud, je ne sais pas quel indice j'aurais pu vous laisser, car les écritures sur la carte étaient bien trop petites pour que je puisse déchiffrer le nom de l'île.

Ils voulaient me laisser attachée à la rambarde et emmener seulement Jalna, mais j'ai fait tellement de bruit en tapant des pieds qu'ils m'ont enfermée dans le coffre de la voiture.

Les deux hommes menottés ne disaient rien : Polka, plantée devant eux, les surveillait d'un œil noir en grognant.

– Au fait, dit soudain Muriel en s'adressant à Pauline, tu as laissé les chevaux tout seuls au camp ?

– Mais non, répondit-elle, un peu agacée. J'ai demandé à la monitrice du groupe voisin de les surveiller.

Pedro était radieux. En fouillant la cabane, il venait de retrouver les instruments de musique qui lui avaient été dérobés, ainsi que de nombreux bois de cerf, preuve que les hommes braconnaient.

Par la suite, les gendarmes interrogèrent M. Smith et son complice, qui ne mirent pas très longtemps à avouer pourquoi ils avaient enlevé la ponette.

Quelle surprise en apprenant l'identité de Jalna !

En fait, la ponette appartenait à une éleveuse anglaise, la comtesse de Coventry. Ses remarquables origines dans la race dartmoor et ses résultats en compétition lui donnaient une valeur qui attisait la jalousie de ses concurrents. Un grand concours de races avait lieu chaque année et les propriétaires du poney directement concurrent avaient décidé d'enlever tout simplement la ponette pour s'assurer la victoire. Ils avaient demandé à M. Smith et à son acolyte d'exécuter cette basse besogne.

Mais après l'enlèvement et le passage en France, les ravisseurs avaient eu un accident. Leur van avait brûlé et eux-mêmes s'en étaient sortis de justesse. La ponette, abandonnée à son sort, avait rejoint, par hasard, l'élevage voisin de la tante de Jess : on connaît la suite de l'histoire qui a conduit la ponette au club du Marais Vert.

M. Smith dénonça son complice, le chauffeur du 4 × 4, arrêté sans difficultés quelques jours plus tard.

L'interrogatoire par les gendarmes permit également d'apprendre que la personne qui avait commandité l'enlèvement de la ponette avait un fils qui montait en concours les poneys de son élevage. Les gendarmes trouvèrent facilement le numéro de téléphone de la comtesse de Coventry qui, par chance, était de passage à Paris.
On imagine son bonheur, en apprenant que la ponette avait été retrouvée ! Elle apprit aux gendarmes qu'en fait, le véritable nom de Jalna était Swaily Coventry. Paris n'étant pas loin de Lamotte-Beuvron, la comtesse décida de venir immédiatement.

Jess, habituellement si joyeuse, ne disait rien. Une grande tristesse l'avait même envahie, sachant que désormais elle allait être séparée de sa chère ponette.

À moins que...

Mister John, qui appréciait beaucoup Jess,
s'employait à lui communiquer tout son savoir.

Chapitre 11

Surprise !

L'arrivée de la longue limousine de la comtesse surprit tout le petit monde de l'Équirando. C'était une grande femme très élégante, portant de somptueux bijoux.

À peine descendue de la voiture, elle se dirigea vers la ponette et s'exclama :

– *Oh ! my dearest Swaily, I missed you so much. I never thought I would find you again !**

Jess était un peu déçue par ce nouveau nom, mais il n'était pas vilain et elle commençait à s'y habituer.

* Oh ! ma chère Swaily, comme tu m'as manqué. Je pensais ne jamais te retrouver !

Un homme grand et mince et une fluette jeune fille avec un bras dans le plâtre suivaient la comtesse. Tous trois étaient anglais mais, par bonheur, ils parlaient un peu le français. L'homme, que tous pensaient être le mari de la comtesse, était en fait l'instructeur qui s'occupait de l'entraînement des poneys de l'élevage de Coventry. La jeune fille était la cavalière habituelle de Swaily et c'est elle qui devait la monter pour le grand concours annuel de la race, qui aurait lieu quelques semaines plus tard.

L'instructeur, mister John, et la comtesse expliquèrent qu'ils espéraient un excellent classement de la ponette pour ce grand concours. Ils se faisaient donc beaucoup de souci depuis son enlèvement.
La comtesse avait décidé que ce concours serait le dernier pour Swaily. Après, elle rejoindrait les juments de son élevage pour produire des poulains et prolonger ainsi ses qualités exceptionnelles.

Cela expliquait l'importance de cet ultime concours et pourquoi son principal concurrent avait tant intérêt à l'empêcher d'y participer. Swaily absente, il pouvait espérer gagner et placer son propre élevage en tête du classement !

- Swaily me semble en excellente forme, dit la comtesse. Il est encore temps de l'engager au concours, mais je suppose que, depuis son départ, elle n'a pas été beaucoup entraînée pour le saut. Il faut rapidement la remettre à l'entraînement, n'est-ce pas, John ?
- Mais qui va la monter ? questionna l'homme, puisque sa cavalière habituelle a le bras cassé.
Après un temps de réflexion, la comtesse s'adressa à Jess :
- Mademoiselle, avez-vous déjà participé à un concours hippique de niveau national ?
- Non, balbutia Jess, qui n'avait pas encore bien saisi ce qui lui arrivait.

Muriel intervint alors, car elle comprenait ce que la comtesse souhaitait.

– Vous savez, c'est une de mes meilleures élèves. Swaily et elle ont une grande complicité, ce qui est un véritable atout en compétition.

– Je l'avais compris, répondit la comtesse en regardant tour à tour Jess et John. Mademoiselle Jessica, c'est un peu grâce à votre courage que Swaily a été retrouvée, aussi je souhaite vous récompenser. Il reste exactement trois semaines avant le concours et, si vous acceptez, je vous confie la monte de Swaily. Bien sûr, il faut que vous veniez au château. L'entraînement se fera sous les ordres de John. Attention : l'objectif étant de gagner, il sera très exigeant et cette période ne sera pas de tout repos !

Jess était complètement abasourdie. « Quoi ? se disait-elle, moi qui pensais ne plus revoir Swaily, je vais être entraînée par un instructeur réputé pour participer à un des concours les plus prestigieux d'Angleterre ! Je n'y crois pas ! »

Muriel répondit à sa place :

– Je me charge de tout, madame la comtesse. Je vais prévenir ses parents et faire en sorte qu'elle commence son entraînement dans deux ou trois jours. Heureusement, nous sommes en période de vacances. Vous verrez, je suis certaine qu'elle ne vous décevra pas.

En son for intérieur, Muriel savait qu'elle s'avançait beaucoup. Quelques années auparavant, elle avait elle-même tourné au niveau national et évaluait bien que Jess avait encore beaucoup à apprendre. Mais quelle chance pour elle !

Trois jours plus tard, Jess commençait son entraînement au château, situé au sud de l'Angleterre, dans le berceau de la race dartmoor. Elle avait tout à apprendre, car elle manquait d'expérience à l'obstacle. Mais John, qui l'appréciait beaucoup, s'employait à lui communiquer tout son savoir dans ce domaine. De plus, il souhaitait venger sa patronne et mettait tout en œuvre pour la faire gagner. Jess, bien qu'intimidée au début, s'était mise au travail avec ardeur et déployait une telle volonté de bien faire qu'elle améliorait chaque jour ses résultats.

Levée dès six heures trente, Jess devait être prête à sept heures quinze pour le pansage. Ensuite, montant Swaily, elle participait à une reprise de dressage avec d'autres cavaliers. Les exercices demandés avaient pour but d'améliorer la souplesse et la musculation des montures, mais également leur soumission. Parfois, John demandait à Jess de monter d'autres ponettes, qui venaient d'être débourrées.

– Un bon cavalier doit s'adapter rapidement à toutes sortes de montures, lui disait-il souvent.

Le travail sur les barres avait lieu l'après-midi. Il commençait toujours par des enchaînements de petits sauts, destinés à mécaniser la ponette. Ensuite, l'entraînement portait sur la conduite entre des obstacles relativement petits, avant de passer à des combinaisons plus importantes d'obstacles droits et de volée. Pour ce travail aussi, John lui confiait parfois d'autres chevaux.

La veille du concours, les amis du club du Marais Vert étaient venus en voiture avec Sophie afin d'encourager Jess. Ils étaient tous là : Léa, Pauline, Pierre, Muriel et même la gentille chienne Polka. Pendant le voyage, ils n'avaient parlé que du concours et de la chance de Jess mais, aujourd'hui, ils avaient le trac pour elle !

Le jour arrivé, les tribunes étaient bondées. Jess n'en croyait pas ses yeux. Elle allait concourir face aux meilleurs cavaliers, devant un tel public... D'après John, elle et Swaily étaient prêtes.

Juste avant d'entrer sur le terrain pour la reconnaissance à pied du parcours, John prit Jess à part et lui dit à mi-voix :

– Comme avant toutes les épreuves, nous allons faire la reconnaissance à pied. Je te l'ai déjà dit, ce concours se déroule en deux manches. Vu les possibilités de Swaily, si tu t'y prends bien, tu n'as pas de souci pour la première manche. Il te suffit de faire un sans-faute dans le temps, qui est assez large. Tout va se jouer à la deuxième manche : le barrage. Seuls les cavaliers qui ont fait un sans-faute au premier tour sont qualifiés pour y participer. Le barrage ne se court que sur quelques obstacles et là, c'est la vitesse qui fait la différence. Alors, vu le niveau des participants, autant te dire que ça va aller très vite !

John était très méthodique ; ainsi, pendant la reconnaissance, à l'abord de chaque obstacle, il donnait des conseils précis à Jess : comment l'aborder en fonction de sa hauteur, de sa largeur et de la suite du parcours, où tourner, etc.

Lorsque tout fut dit, John planta son regard dans les yeux de Jess.

– Maintenant, écoute-moi bien. Je vais te donner un conseil extrêmement important pour le barrage. Swaily est suffisamment habile pour franchir tous les obstacles sans faute mais, pour être la plus rapide, il faut gagner du temps. J'ai trouvé un moyen de raccourcir la longueur du parcours. Observe bien : entre les obstacles 3 et 4, par où passerais-tu ?

– Ben, marmonna Jess, il faut tourner large après le 3, pour franchir l'oxer du 4 bien en face, car il n'a pas l'air facile.

– D'accord : c'est ce que tu ferais normalement pour aborder le 4 bien de face. Mais si ceux qui t'ont précédée sont allés très vite, il va falloir prendre des risques pour te permettre de gagner deux à trois secondes. Pour cela, tu peux tourner juste après le 3, pour pouvoir passer entre les deux obstacles situés sur le côté et prendre carrément le 4 de biais.

– Mais vous m'avez toujours appris à prendre les obstacles bien de face et au milieu, pour éviter la dérobade...

– Je sais mais, pour ce barrage, il faut adapter notre stratégie. Le passage est étroit, aussi l'astuce consiste à le montrer à ton poney, dès le premier tour. Voici comment tu vas faire : lorsque tu te présenteras devant le jury, décale-toi de quelques mètres vers ta droite. Ensuite, au lieu de tourner normalement vers la gauche en attendant que la sonnerie indique le départ, va à droite, faufile-toi dans le passage entre les deux obstacles et avance jusqu'à l'obstacle 4. Tu montreras ainsi le chemin à Swaily. Personne ne comprendra pourquoi tu fais ça, mais rien ne te l'interdit. Les chevaux ont une excellente mémoire et Swaily se souviendra être déjà passée par là. Tout va se jouer sur ce quatrième obstacle et, si elle le franchit sans faute, tu prendras suffisamment d'avance pour pouvoir gagner. Ce sera à toi de bien la guider pour qu'elle ne dérobe pas.
Tu ne seras pas la première à utiliser ce stratagème, car votre grand cavalier français, Éric Navet, avait gagné un grand prix, je ne me souviens plus où, en utilisant pratiquement le même stratagème.

Ensuite, John ajouta :
– Je sais que tu peux réussir car, de tous les cavaliers qui ont monté Swaily, tu es la seule à qui elle obéisse aveuglément.
Jess rougit, très flattée par ces dernières paroles, mais l'heure n'était pas aux sentiments : il lui fallait maintenant se concentrer sérieusement.
Pendant la détente, qui permet aux cavaliers d'échauffer et de régler leur poney pour l'épreuve, un jeune cavalier ne cessait de regarder Jess avec beaucoup de hargne. « Méfie-toi de lui, avait dit John, c'est le fils de celui qui a fait enlever Swaily. Il nous en veut de l'avoir retrouvée car, sans elle sur ce terrain, il était certain de gagner. »

Jess partit en quatrième position pour la première manche. Elle aurait bien voulu observer les parcours des cavaliers qui la précédaient mais, trop occupée à la détente, elle n'en avait pas eu le temps. John était tellement certain que tout allait bien se passer qu'il était détendu.

En allant se présenter devant le jury, elle fit exactement ce que lui avait conseillé l'entraîneur. Swaily hésita un peu avant de se faufiler entre les deux obstacles, mais elle mémorisa le passage.

Dès le départ et comme prévu, Swaily vola littéralement au-dessus des obstacles ; elle tournait si court qu'elle franchit la ligne d'arrivée avec beaucoup d'avance sur le temps imparti.

Contrarié, John l'attendait à la sortie.

– Je ne t'avais pas demandé de faire exploser le chronomètre, tu devais réserver ça pour le barrage. Maintenant, tes concurrents savent que Swaily peut être rapide. Ils ajusteront leur stratégie en fonction de ça. N'abats jamais tes cartes avant la fin de la partie, ma fille, rajouta-t-il autoritairement. Et surtout, pense à respirer entre les obstacles, regarde comme tu es essoufflée !

C'était vrai : tellement pressée d'arriver, Jess en avait presque oublié de respirer !
À la fin de la première manche, sur quinze partants, quatre cavaliers seulement étaient qualifiés pour le barrage. Jess devait partir en dernier, ce qui représentait un avantage car elle allait pouvoir tenir compte des parcours précédents. Comme pour tous les concours, les obstacles retenus furent rehaussés de quelques centimètres.

On sentait la pression monter dans les tribunes, mais aussi chez les quatre concurrents. L'adversaire de Jess devait partir en troisième position et il continuait à la regarder avec beaucoup de haine chaque fois qu'il passait près d'elle. Il était tout petit et la bombe enfoncée sur sa tête laissait dépasser ses grandes oreilles. Avec sa tête d'éléphant et son air arrogant, il était très laid. Chaque fois qu'elle le croisait, Jess, par provocation, lui faisait un joli sourire, ce qui l'excitait encore plus.

Le premier concurrent fit une faute sur le troisième obstacle, le deuxième exécuta un sans-faute mais en ayant pris beaucoup de temps pour tourner large entre les obstacles. Jess était certaine de pouvoir faire mieux.

Lorsque le troisième cavalier entra sur le terrain, le cœur de Jess battait très fort. C'était son adversaire : le fils du voleur !

Le garçon était très sûr de lui, car son poney avait réalisé une remarquable première manche. Dès le premier obstacle, tout le monde comprit qu'il avait la rage de gagner. Il coupait tous les tournants pour gagner du temps et éperonnait si fort son poney que la pauvre bête filait comme l'éclair. Il pulvérisa le chrono du concurrent précédent et fut très applaudi. Il jubilait en passant devant Jess à la fin du parcours et, comme d'habitude, elle lui sourit.

En le voyant passer, John dit à mi-voix :

– Tu n'as pas encore gagné, petit prétentieux. Tu vas voir ce qu'on te réserve !

Le cœur de Jess battait très fort à l'appel de son nom...

On n'entendait pas un seul bruit dans les tribunes, tant les spectateurs étaient concentrés.

Chapitre 12

Deux championnes !

Dans les tribunes, l'équipe du Marais Vert était très tendue. Muriel, fière de son élève, pensait déjà à la publicité que cela représenterait pour son club. Malgré ses airs assurés, Léa était très sentimentale ; elle s'était rapprochée de Pierre, qui lui parlait doucement. Lui qui était si distant avec les filles, il avait pris sa main et ce simple contact la fit frémir. Elle se blottit alors contre lui, sans que personne ne s'en aperçoive.

Juste avant d'entrer sur le terrain, Jess jeta un coup d'œil dans les tribunes. Elle aperçut ses amis du Marais Vert, à côté de la comtesse. Leur présence lui réchauffa le cœur.

Qu'elles étaient belles, Jess et Swaily, en entrant sur le terrain au trot énergique ! La foule fit alors silence et Jess mit Swaily au galop sur le pied droit, pour « être juste » dès le premier tournant.

La ligne de départ franchie, Jess accéléra légèrement. Comme le lui avait conseillé John, elle devait mettre progressivement la pression à Swaily.

Premier obstacle, un droit : pas de problème, beau planer, belle réception sans perte de temps. Jess ouvrit alors légèrement les doigts et, d'un simple contact du mollet, demanda à la ponette d'allonger la foulée. Celle-ci répondit comme un ressort.

Deuxième obstacle, un oxer impressionnant, mais pas pour Swaily, qui arrondit parfaitement sa trajectoire.

Il fallait maintenant accélérer. À quelques mètres du 3, elle la reprit car il fallait tourner court après l'obstacle pour suivre le passage conseillé par John.

On n'entendait pas un seul bruit dans les tribunes, tant les spectateurs étaient concentrés. Léa serrait très fort la main de Pierre et Muriel avait posé la sienne sur la tête de Polka, qui sentait que quelque chose d'important se passait. Pauline sautillait nerveusement et Sophie gardait son calme.
Arrivée au pied du 3, détente, planer, réception... Catastrophe : Jess perdit un étrier !

John et Muriel comprirent alors que Jess avait du talent. Comme elle l'avait fait pendant la randonnée en franchissant sans se démonter l'énorme barrière, Jess reprit le fond de la selle et, avec un équilibre extraordinaire, fit exactement ce qui était prévu. Sans perdre de temps à reprendre son étrier, elle déchaussa l'autre pied, encadra parfaitement Swaily et la fit passer par le fameux passage étroit, se retrouvant de biais sur le 4. Elle avait monté tellement de poneys à cru qu'elle pouvait se passer d'étriers. D'une pression de mollets, elle fit jaillir la ponette sur l'obstacle, qu'elle franchit avec aisance. La réception fut difficile sans étriers, mais Jess avait de l'assiette.

À l'arrivée, la foule était debout dans les tribunes pour les acclamer : deux secondes de moins que le concurrent direct ! Victoire, elle avait gagné ! La remise des prix fut un grand moment d'émotion pour toute l'équipe. Jess était presque amusée par ce qui lui arrivait. Une fois de plus, elle sourit à son concurrent qui, rageur, ramenait sa ponette vers les écuries. « Quelle chipie ! » pensa Muriel qui les avait observés.
Le jeune cavalier ne savait pas qu'à cet instant précis, une camionnette de police était en train d'embarquer son père, accusé d'enlèvement après les aveux du chauffeur. Toutefois, même s'il était au courant de certains agissements de son père, le jeune âge du fils l'écartait de toute responsabilité.

Une victoire se fête et un agréable repas rassembla tout le monde. Jess était cependant triste, car elle savait que cette fin heureuse lui enlevait Swaily, désormais consacrée à l'élevage. La comtesse prit alors solennellement la parole et remercia chaleureusement tout le monde, puis elle se tourna vers Jess :
– Mademoiselle Jessica, le moment est venu de vous séparer de Swaily, car elle débute une nouvelle carrière de poulinière. Je compte désormais sur elle pour fournir les meilleurs produits de mon élevage. Compte tenu de tout ce que vous avez fait, je vous offre son premier poulain pour vous remercier !
Émue, Jess fondit en larmes et tous ses amis du Marais Vert l'embrassèrent pour la féliciter. « Quel fabuleux destin ! » pensa Sophie. Pierre, également très ému, prit Léa dans ses bras. Il aurait voulu l'embrasser, mais n'osa pas... pas encore !
John, qui ne perdait jamais le nord, fit sauter un bouchon de champagne et les coupes s'entrechoquèrent.
S'adressant à Muriel, la comtesse dit :

– Vu le talent de votre élève, vous devez être une excellente instructrice. Avec toute votre équipe, je vous invite donc à venir monter mes poneys quand vous voulez, car je manque de cavaliers en ce moment.
– Oh ! merci, répondit Muriel, mais à condition que ce soit avec les tapis de selle aux couleurs de mon club : le Marais Vert !
Le retour fut joyeux, même si les émotions s'entrechoquaient encore dans la tête de nos jeunes cavaliers.
Quelle belle histoire ! Partis pour une simple randonnée de quelques jours, ils avaient vécu un enlèvement, la capture de dangereux braconniers et la victoire en concours de l'une des leurs ! Des souvenirs qui soudent à jamais l'amitié dans un groupe.

Dans la forêt autour du club du Marais Vert, les arbres commençaient à revêtir des couleurs orangées. L'été touchait à sa fin, cédant la place à l'automne.

Jess galopait dans une lande brumeuse. Elle montait le fier fils de Swaily à la crinière ondulante. Elle était accompagnée par ses amis du Marais Vert et par Polka, qui filait comme le vent !

Le réveil sonna : c'était le jour de la rentrée des classes...

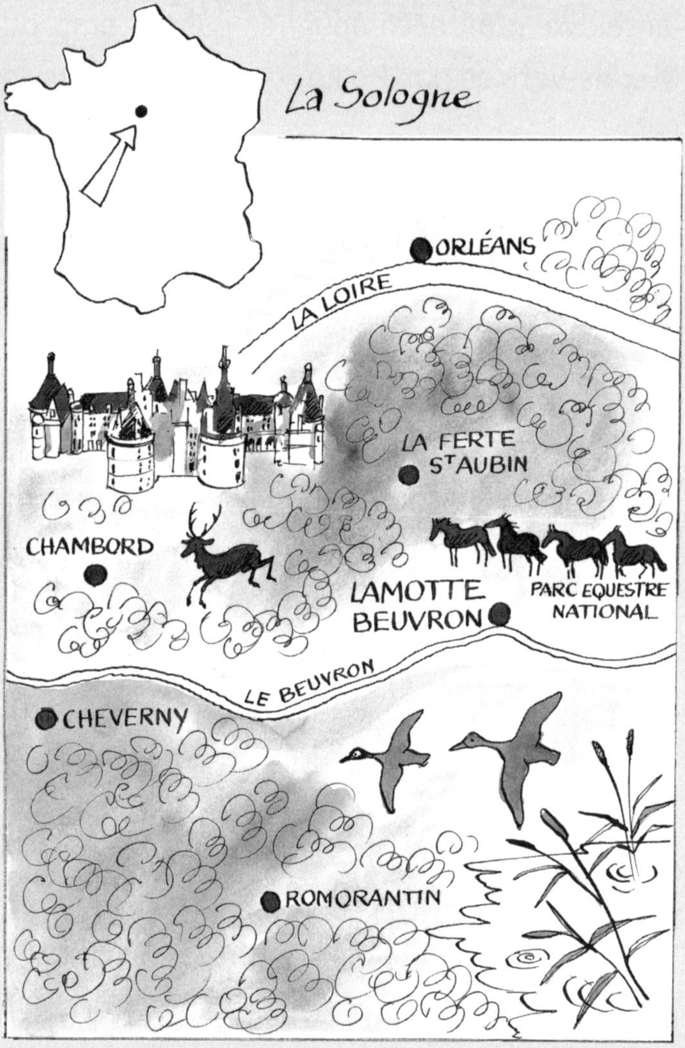
La Sologne
ORLÉANS
LA LOIRE
LA FERTE
ST AUBIN
CHAMBORD
LAMOTTE
BEUVRON
PARC EQUESTRE
NATIONAL
LE BEUVRON
CHEVERNY
ROMORANTIN

En savoir plus sur la Sologne

L'intrigue de ce roman se déroule en Sologne, mais connais-tu cette région pleine de mystère ?

Située au centre de la France, la Sologne est avant tout une région de chasse et de pêche. Au Moyen Âge, elle était divisée en trois grands fiefs : le comté de Blois, le duché d'Orléans et celui du Berry. Cette région fut mise en valeur sous le règne de Napoléon III qui acquit le domaine de Lamotte-Beuvron où se situe désormais le Parc équestre national. Dès le Moyen Âge, des étangs furent progressivement aménagés dans le but d'assainir les vastes marais insalubres. Protégée par les méandres de la Loire, la Sologne a pu conserver jalousement son caractère sauvage et naturel. Elle s'étend actuellement sur trois départements : le Loir-et-Cher, le Loiret et le Cher.

Les forêts et les étangs font la richesse de cette région peuplée d'une importante variété de grands animaux, lieu privilégié des chasseurs et des pêcheurs mais, également des cavaliers et des amoureux de la nature.
Un réseau important d'allées ombragées permet de randonner à travers les forêts, sans pratiquement croiser de route. Nombreux sont les chemins balisés, car il est interdit de pénétrer dans les propriétés privées.
Autre point fort : les magnifiques châteaux de la Loire, qui attendent ta visite, Chambord étant le plus célèbre d'entre eux.

Une faune particulièrement riche

Au détour d'un chemin forestier, il n'est pas rare de découvrir de grands animaux tels que cerfs, biches, chevreuils et sangliers. Les bois abritent également de nombreux autres animaux : renards, martres, fouines, belettes, hermines, putois... mais également des rapaces de plusieurs espèces ainsi que des lapins de garenne, symboles de la chasse populaire. Ici la tradition du braconnage est encore fortement ancrée, le plus célèbre d'entre les braconniers ayant été Raboliot, le personnage légendaire du roman de Maurice Genevoix.

L'importante richesse biologique de la Sologne attire également de nombreux oiseaux migrateurs, et les naturalistes ne dénombrent pas moins de deux cent vingt espèces d'oiseaux, une bonne quarantaine de mammifères, une trentaine de poissons, une dizaine de reptiles, autant de batraciens et des milliers d'insectes, dont une cinquantaine d'espèces de libellules.

En parcourant la région, tu découvriras des étangs, créés par l'imperméabilité du sol. Nombre d'entre eux datent du Moyen Âge, période où ils ont été creusés pour assainir les vastes marais. Aujourd'hui, ces étangs sauvages constituent des milieux naturels fréquentés par une faune et une flore particulièrement riches.

La flore solognote

L'arbre est roi en Sologne : chênes pédonculés, charmes, érables champêtres, sycomores, noisetiers, hêtres, trembles et frênes. Au printemps, va découvrir la belle floraison des succulents fruitiers sauvages tels que merisiers, poiriers, pommiers, alisiers, groseilliers rouges et framboisiers.

Sous les couronnes des arbres majestueux, un sous-bois dense offre un festival de fleurs : primevères, petites pervenches formant un agréable tapis bleu, jacinthes des bois à clochettes violacées, violettes des bois, sceaux de Salomon multiflores blanc verdâtre, etc.

Dans les landes au sol tourbeux qui bordent les forêts, les bruyères et les genêts forment un joli couvert végétal. Il y pousse des aulnes glutineux, des frênes communs, des saules, des bouleaux pubescents, des trembles, etc.

Une région de pêche

La pêche en étang est l'une des plus anciennes traditions solognotes. Durant l'hiver, les étangs sont partiellement vidangés, laissant une grande quantité de poissons prisonniers dans des cuvettes envasées. Dès le petit matin de l'ouverture de la pêche, les hommes, chaussés de cuissardes et armés d'épuisettes ou de filets, pataugent dans la vase pour attraper les poissons frétillants qui sont triés et placés dans des viviers. Pendant une grande partie de la journée, une quantité importante de brochets, de tanches, de carpes, de gardons, d'anguilles et de bien d'autres poissons sont sortis dans une grande excitation. C'est une grande fête, qui fait partie des traditions solognotes encore fortement ancrées dans cette région restée quelque peu sauvage.

Connais-tu la tarte Tatin ?

Tu as certainement déjà entendu parler de cette succulente tarte, mais sais-tu quelle est l'origine de son nom ? Ce sont les demoiselles Caroline et Stéphanie Tatin qui l'ont inventée et cette histoire mérite d'être contée. Ces deux sœurs tenaient un hôtel-restaurant gastronomique situé en face de la gare de Lamotte-Beuvron et était surtout fréquenté par des chasseurs. Un jour, alors que le restaurant était en plein branle-bas, l'une des sœurs, retardée dans son travail, se rendit soudain compte que les desserts manquaient.

Remarquant que des pommes étaient épluchées dans la cuisine, elle garnit rapidement un moule de beurre et de sucre, y jeta les pommes, avant de mettre le tout au four. Mais ce plat qui cuisait n'était en fait ni des pommes cuites ni une véritable tarte, et elle craignit que cela ne fasse mauvaise impression auprès des clients. Les pommes avaient commencé à cuire et la bonne odeur du sucre caramélisé excitait déjà l'appétit des convives. Pour couvrir les pommes, elle eut l'idée de mettre de la pâte pardessus et de renfourner l'ensemble. Tiré du four, le dessert avait bien triste mine, ne ressemblant pas du tout à une tarte, car les fruits étaient sous la pâte. Et c'est à ce moment qu'elle eut une idée de génie. Pour rendre sa fausse tarte présentable, elle disposa un plat pardessus et retourna l'ensemble.

La succulente tarte Tatin était née et, depuis, elle a fait le tour du monde !

Le parc équestre national

Une partie du roman se déroule dans le Parc équestre national de Lamotte-Beuvron lors de l'Équirando qui se déroula en Sologne en 2002. Ce rassemblement annuel des cavaliers randonneurs regroupe traditionnellement un millier de participants venus de la France entière, et change de lieu chaque année. Après avoir traversé la Sologne, le camp fut, cette année-là, installé dans le parc fédéral près des bureaux de la Fédération française d'équitation, dont l'entrée est ornée de deux superbes totems, dont il est question dans le roman.

C'est dans les importantes installations de ce parc qu'ont lieu chaque année au début du mois de juillet, les championnats de France de poney, qui regroupent cinq à six cents participants dans les différentes disciplines équestres sportives ainsi que des *pony games*. On dénombre au total plus de quatre mille cavaliers ! De nombreuses carrières, des parcours de cross et de TREC sont installés dans le parc.

Tout près, le château de Lamotte-Beuvron est imprégné de mystère, car il fut longtemps une prison pour enfants délinquants.

Tintin en Sologne !

C'est en Sologne qu'Hergé, le célèbre créateur de Tintin, est venu chercher l'inspiration pour dessiner le château de Moulinsart qui abrite le truculent capitaine Haddock. Ce château représente en effet la copie de celui de Cheverny, situé à quelques kilomètres de Blois.

Pour en savoir plus

Pour connaître plus en détails tous les aspects de cette région pleine de charme, consulte le site Internet suivant et n'hésite pas à aller découvrir la mystérieuse Sologne : à pied, mais surtout à cheval !

http://www.sologne-france.com

Le musée de Sologne

Situé à Romorantin, le musée de Sologne révèle les aspects les plus secrets de la Sologne, avec notamment les activités secrètes des braconniers, qui furent nombreux de tout temps. Dès l'automne et pendant tout l'hiver, cette région est également animée par la chasse à courre. Les massifs forestiers de Bruadan et de Chambord gardent encore le souvenir des chasses royales de François Ier ! Renseignements par téléphone ou sur le site Internet du musée.

- Musée de Sologne
  BP 147
  41206 Romorantin-Lanthenay
  Tél. 02 54 95 33 66
  Site internet :
  http://www.museedesologne. com

TABLE DES MATIÈRES

Find an Apprentice

lo ̶g̶o̶v̶.

log in

post App provider offers a job

College